ANTHOLOGY

생강밭

박덕 지음

재 기
채송

차례

농사 준비

코로나가 창궐하던 시절, 나는 순창으로 내려왔다. 처음 쉐어하우스에서 '한 달 살기'를 시작으로 한 달이 1년이 되고 1년이 4년이 됐다. 바야흐로 쉐어하우스에서 독립을 해야만 하는 시기가 왔다. 시골에 빈집이 많지 않냐고? 맞다. 빈집은 많다. 하지만 그 빈집을 팔진 않는다. 살던 할머니와 할아버지가 돌아가시면, 자식들은 그 집을 물려받아 비워둔 채로 놔둘지언정 절대 남에게 팔진 않는다. 판다고 내놓아도 터무니없이 비싼 가격이다. 도시 사람들이 물정 모르고 와서 살 수도 있다고 생각해서인지, 팔 의향이 없어서인지 알 순 없지만. 집을 찾고 있는 내게 쉐어하우스 주인장이 조심스럽게 말

을 꺼냈다. "우리가 직원들 숙소로 쓰던 집이 마침 비었
는데 그 집이라도 한번 볼래?" 나는 생각해볼 틈도 없이
"좋아!"라고 대답했다.

그 집은 이런 곳에 집이 있으려나 싶은 구석진 곳에
있었다. 첫인상은 황량했다. 도시인들이 시골집이라면
꿈꾸었음 직한 일말의 낭만은 찾아볼 수 없었다. 주변에
인가도 없고 담은 허물어지기 직전이고 집을 둘러싼 사
랑채와 창고는 귀신 나올까 싶을 정도로 부서져 있었다.
집의 오른편엔 감나무, 왼편엔 뽕나무가 있었고 그 사이
로 대나무들이 자라서 두 오래된 나무를 이으며 집을 둘
러싸고 있었다. 오래된 뽕나무는 무성했고 대나무들은
음산했다. 그 나무들뿐만 아니라 집 옆과 앞은 커다란 은
행나무들이 있어 집엔 그늘이 한가득하다. 살던 직원들
은 모두 떠나고 마지막 한 명이 그곳에서 5년간 살다가
새집을 구해 이사를 나갔다고 했다. 하지만 막상 집 안으
로 들어서니 내부는 넓고 깔끔했다. 옛날 창문들과 문이
그대로 살아 있는 귀여운 내관이다. 살던 사람이 5년 동
안 이것저것 고치고 산 덕이다. 나무로 만든 부엌 싱크대
도 맘에 들었다. 욕실이 좀 스산하고 타일이 다 깨져 있
긴 하지만 이 정도면 충분하다. 보일러 되고 단열 공사도
되어 있다고 한다.

내가 들어갈게요.

쉐어하우스 주인장에게 말하자 주인장은 다소 곤란한 표정을 지었다. "정말 괜찮겠어?" 그 말이 조금 마음에 남았었지만 난 들어가기로 한다. 집이라고 해봐야 1톤 트럭의 반도 차지 않을 분량이었으므로 후딱 해치웠다. 도배도 장판도 하지 않았다. 대략 깨끗했다. 얼마 살지도 알 수 없는 집에 많은 공을 들이고 싶지 않았다. 집은 지금 그대로도 충분히 살 만했다.

침대에 누워 오래된 창틀을 보고 늘어진 천장을 바라보며 시간을 보냈다. 순창으로 이사 온 이후로는 잠도 잘 자고 일찍 일어났다. 아마도 낯선 환경 탓이겠지만 그것도 마음에 들었다. 이른 아침 일어나 마당에 나서면 하늘과 나무들이 몸을 비트는 모양새도 좋았다. 주변에 불빛이 없어 밤엔 별도 잘 보인다. 나는 그 집이 무척 맘에 들었다.

집들이를 하기로 한다. 전에 이 집에 살던 사람들과 쉐어하우스 주인장을 초대했다. 이곳에서 내가 아는 사람들이라곤 그들이 거의 전부이다. 어묵탕을 끓이고 마당에서 굴과 가리비를 한창 구워 먹던 그때, 누군가 말했다.

"박작가, 이 집에서 귀신 못 봤어요?"

"무슨 귀신이요?"

"이 집에 귀신 있어요. 이 집이 예전에 당집이었다나 뭐라나 아무튼 점 보는 분이 살았어요. 요 근처에 이 집에 와서 점 보고 그랬던 사람도 아직 있을걸?"

"네, 제가 아는 사람이 여기 와서 봤었대요."

"지금 안방으로 쓰는 방이 법당으로 쓰는 방이었어요."

"우리는 남자 네 명이 살았는데도, 나도 자다가 가위눌리고 문에서 뭘 보고 그랬는데."

저마다 한마디씩 보태는 말의 요지는 이 집에서 귀신을 본 일이 많다는 거였다. 할머니 귀신이라고 한다.

"근데 그 할머니 귀신 좋은 귀신 같아요. 난 평생 가위눌리는 일이 너무 많아서 고생했는데 이 집에서 살면서 그 할머니 귀신 본 후로 날 따라다니며 가위누르던 귀신이 사라졌어요."

"에이 거짓말."

"정말이에요."

그래서 쉐어하우스 주인장이 정말 괜찮겠냐고 물어본 거였구나.

"난 한 번도 못 봤는데요."

난 조금 겁에 질려 대답했다. 내 표정이 생각보다 많이 얼어 있었는지 모두들 괜찮다 괜찮다, 우리도 잘 살았다, 뭐 이런 말들을 하며 굴을 깠다.

"왜 아무도 말 안 해줬어요?"

"그럼 이 집 아니면 어디 갈 데 있었어요?"

"없지요."

"그것 봐. 모르고 들어오는 게 낫지."

"그런데 난 정말 귀신은 한 번도 못 봤어요."

"그럼 됐어. 할머니 이제 어디 가셨나 보네."

내가 사는 이 집이 그런 역사를 가지고 있을 거라고는 생각지 못했다. 그 사실을 안 이후, 난 혹시 귀신을 보진 않을까 싶었지만 한번도 본 적은 없었다. 지네와 벌레들은 자주 나왔지만 귀신은 나오지 않았다. 설사 귀신이 나왔다 하더라도 내가 이사를 했을까? 모르겠다. 아닌 말이 아니라 이곳 말고는 다른 선택지가 없다. 귀신이랑 평화롭게 지낼 수 있는 방법을 찾아보았겠지.

지금도 집에 오는 사람들은 항상 묻는다.

"안 무서워?"

그렇게 묻는 니가 더 무서워.

이 집에 살면서 이따금 나타나는 사람들, 지나가는 사람들, 낯선 시간에 들리는 사람들의 목소리가 실제로 제일 무서웠다. 귀신이 나타날까 봐 걱정한 적은 없으나 낯선 사람이 나타나는 것은 무섭다. 시골 인심이 박하다는 말이 이런 것일까. 낯선 이가 나타나면 반갑게 인사를 건네기에 앞서 무슨 일로 이곳에 온 거지 하며 경계부터 하게 된다. 시골에서 내 집 앞을 다니는 사람들이란 워낙

뻔하니까.

어렸을 때부터 나는 수족냉증이 심해서 손가락과 발가락에 동상이 걸리는 일—정확히 말하자면 '얼음이 박히는 것'이라고 엄마가 그러셨다. 따뜻하게 녹인 엿을 언 부위에 칭칭 감고 있으면 박힌 얼음이 빠진다고—이 몇 번 있었다. 결국은 혈액순환이 잘 안 된다는 이야기인데, 피가 잘 돌지 않아서 무서움을 못 느끼는 것일 수도 있으려나? 나는 그렇게 몸도 차갑고 귀신 사는 집에도 아무렇지도 않게 사는 냉혈한이 되어가고 있었던 것일까.

집 뒤에 있는 텃밭이라고 하기엔 좀 넓은 밭을 들여다보며 지낸다. 첫해에는 욕심에 생강이며 손에 들어오는 씨앗들을 죄다 심었다. 하지만 4월에 심은 1킬로그램의 생강은 그해 10월이 되도록 아무런 소식이 없었다. 기다리다 못해 땅을 파보니 생강이 썩어 있었다. 생강을 키워보고 싶다는 계획만 가졌던 나로서는 무참한 실패였다. 생강뿐만 아니라 가지며 토마토, 감자 그게 뭐든 당최 자라는 법이 없었다. 내가 냉혈한이라서 손대는 작물들도 자라지 않는 것일까. 겨울왕국의 엘사처럼 난 이 집에 살면서 근처 밭들조차도 모두 얼음으로 얼려버리는 것일까. 그래도 밭에 나뭇잎을 뿌리고 거름을 뿌리고 마늘도 시금치도 쪽파도 또 심는다.

3월

전업이 된다는 것

텃밭에서 무언가가 싹이 나고 자라고, 열매를 맺고 그것을 수확하자 나는 들떴다. 텃밭 두 번째 해에 나는 마늘 반 접, 고춧가루 두 근, 들깨 6킬로그램, 고구마 5킬로그램 정도를 수확했다. 바질 페스토를 해 먹은 바질과 꺾어 먹은 고구마순, 들깻잎, 고춧잎, 마늘쫑, 풋마늘도 쏠쏠한 재미였다. 혹독한 더위를 간신히 견뎌내고 있던 여름, 파란 고춧잎 사이에서 붉은 고추를 보았던 순간을 잊을 수가 없다. 예뻤다. 그저 풋고추로만 먹을 생각이었는데 이렇게 붉게 익다니. 더운 줄도 모르고 붉은 고추를 따서 말렸다. 고추 말리는 것은 건조기가 있는 분의 도움을 받았다. 이 여름은 영화 촬영과 겹쳐 있기도

해서 모든 것이 너무나 정신없었다. 때문에 고추는 겨우 제때 딸 수 있었지만 고구마순을 자르는 일은 놓쳐버렸다. 애초 두 고랑만 심었던 고구마는 고랑을 넘어 푸르게 일렁거렸다. 앞서 생강이 싹도 나지 않고 썩어버리고 가지 두 개만을 건졌던 나로서는 푸르게 푸르게 자란다는 사실만으로 그 어두운 땅속의 풍경도 제멋대로 상상했었다. 한 줄이라도 더 쳐주려고 고구마 줄기를 쳐들었다가 아이고 아까워 싶어 그대로 내려놓는 일도 많았다. 그때 나는 땅속 고구마 모습을 상상했다. 그런 상상은 언제나 즐거웠다. 글을 쓰는 즐거움도 그런 것이었다. 일어나지 않은 일, 보이지 않는 곳을 상상하는 것. 엉킨 줄기를 따라 땅속으로 내려가면 붉은 고구마가 주렁주렁 매달려 있는 모습을 그려보는 일은 마치 나만의 은밀한 비밀을 가지는 것처럼 즐거웠다.

하지만 비밀은 비밀로 지켜질 때 그 힘을 발휘하는 것인지도 몰랐다. 10월이 되어서 고구마를 캤을 때의 실망감이란 이루 말할 수가 없었다. 뭘 잘못한 것인지 무성한 잎과는 달리 너무나 빈약한 땅속의 세상은 고구마를 캐고 말고 할 것도 없을 정도였다. 사람 머리통만 한 고구마가 줄기마다 하나씩, 혹은 쥐똥만 한 고구마가 서너 개씩 달린 것이 다였다. 그나마도 없는 줄기가 많았다. 여기저기 고구마 농사지으면 보내주겠다고 약속한 사람

들의 얼굴이 떠올랐다. 어쩌지….

내가 쓴 시나리오가 영화로 만들어져서 개봉한대. 그렇게 자랑을 해놓았는데 막상 극장에 가서 보니 크레딧에 내 이름이 빠져 있는 경우랄까.

아니 그것과는 다르다. 적어도 고구마가 자라긴 했다. 기대했던 고구마의 모양이 아니라 할지라도 고구마가 열리긴 열렸다. 이건 받아들여야 할 결과일 뿐. 머리만 한 고구마도 나의 밭에서 자란 내가 키운 고구마였다. 누군가가 "이건 내 고구만데!"라고 낚아채는 일은 없었다. 어찌 되었든 나는 상자에 머리통만 한 고구마 하나씩을 넣어 약속한 지인들에게 보내줬다. 애초에 별 기대가 없었던 것인지 모두들 "농사 너무 잘됐다"를 연발하며 고마워해주었다.

고구마를 심고 고구마가 자라고 고구마가 열린다. 그것이 어떤 모양새든 얼마만큼의 양이든 그 사실은 변함이 없다. 난 이러한 과정이 마음에 들었다. 심으면 자란다. 이 당연한 일이 기적처럼 느껴진 것은 내 나이가 적지 않은 탓일 수도 있다. 세상엔 노력해도, 아무리 심어도 열매를 맺지 않는 것들이 있다. 심은 것들이 자라는 동안 내내 폭풍우가 치고 두더지가 돌아다니며 파먹고,

이상 기후가 계속되는 일들이 태반이다. 노력은 언제나 결과를 담보로 하지 않는다. 그런 와중에 들깨를 심으면 들깨가 나고, 고구마를 심으면 고구마가 나고, 고추를 심으면 고추가 자라는 밭의 세상은 기이할 정도로 정직했고, 그 정직함은 아름다웠다.

도대체 이 흙이란 것은 무엇인가. 들깨와 고구마가 아니더라도 엄청난 양의 잡초들도 키워내는 이 흙은 무엇일까. 아무 일도 일어나지 않는 것 같아 보이는 이 흙 속에서는 많은 것들이 썩고 사라지고 그와 동시에 많은 것들이 자라고 있다. 흙을 파다 보면 나오는 벌레며 애벌레들이 처음에는 기겁할 정도로 싫었지만, 점점 아무렇지도 않게 되었고, 흙을 만지고 흙에 앉아 있으면 편안함을 느꼈다. 무엇이든 받아주는 흙이다. 무엇이든 받아 무엇이든 키워낸다. 흙에 있으면 세상 어디에서도 받아들여지지 못했던 나도 받아들여질 수 있을 것 같았다. 흙이라면 무용의 나도 무언가로 키워질 수 있을 것 같았다. 흙에 대한 일종의 믿음. 그것은 농사를 짓고 싶다는 생각에 이르렀다.

나는 글을 쓰는 직업 이외에는 가져본 적이 없었다. 글을 쓰는 일이 나의 유일한 직업이었다. 오래전 방콕의 카오산 로드에서 어디론가 가는 버스를 기다리고 있을

때, 한국인 아주머니가 같은 한국인이라 반가웠는지 나에게 말을 걸었다. 한국인이냐는 신원확인이 끝나자 바로 물었다. "무슨 일 해요?" 난 "글을 쓰는 일을 합니다." 라고 답했다. 그러자 아주머니는 심드렁한 표정으로 "글 쓰는 게 무슨 일이야."라고 말씀하셨다. 그 이후로 그분과 몇 마디를 더 나누었는지 어떤 대화를 했는지는 전혀 기억에 없다. "글 쓰는 게 무슨 일이야."라는 그 말만 남았다. 글을 쓰는 것은 직업이 아닌 걸까. 그것으로 돈을 벌고 밥 먹고 살면 그게 전업작가, 직업인 것 아닐까. 낯선 이의 말이 나를 기죽이진 못했지만 '시나리오를 쓰는 일'은 그 후로 오랫동안 나를 기죽였다.

나는 세헤라자데가 되고 싶었다. 세헤라자데는 이야기하는 사람, 작가의 궁극의 모습이었다. 살기 위해 끊임없이 가장 재미있는 이야기를 만들어내야 하는 사람. 그 이야기라는 것은 시간이 남아돌아서 하는 것이 아니라 내 목숨을 걸고 하는 것이다. 나에게 '작가'란, '이야기'란, 그런 것이었다.

글 쓰는 것을 좋아했고 다른 직업은 생각해본 적도 없었지만, 나는 지금 흙을 만지면서 흙 만지는 직업을 가지면 어떨까, 하는 생각을 하고 있다. 전업농이 된다는 것. 1년의 농사로 1년을 먹고살고, 그 1년 농사가 망하면 다음 1년은 굶어야 하는 일. 1년에 한 번 가을에 거둔 것으로 가족이 1년을 먹고사는 일. 그렇게 1년을 단 한 번의 농사에 거는 무모한 일을 해낼 수 있을까. 굶지 않기 위해서는 생산량을 최대한 높여야 하고 병충해를 예방해야 한다. 날씨는 어찌할 수 없는 노릇이니 사람이 할 수 있는 일은 최대한 해야 한다. 그래서 가능한 많은 사람을 먹이는 일. 그게 농사를 직업으로 삼는다는 말이다. 요즘은 친환경 농업이 대세이긴 하지만 친환경 약재들과 부자재들은 가격이 비싸다. 하고 싶다고 해서 그냥 쓸 수 있는 것은 아니다. 그냥 텃밭에서 키워서 내가 먹겠다 하면 상관없지만 직업이 되면 이야기가 달라진다. 친환경으로 하면 인건비도 대폭 늘어난다.

농사를 직업으로 가져보면 어떨까를 생각하면서 내가 텃밭에서 지었던 농사의 생산량을 토대로 내가 가져갈 수 있는 농사수익을 계산해보았다.

생강의 경우,

110평의 땅에 생강을 심는다고 가정했을 때 종자비만 40~50만 원이 든다. 처음이니 이런저런 자재—스프링클러, 호스, 물통, 볏단, 제초매트, 비닐, 수동 분무기 등등—를 사는 것만도 50만 원은 잡아야 한다. 이랑과 고랑은 손으로 한다 하더라도 밭을 가는 일은 기계를 불러야 하므로 그 비용이 10만 원 정도. 이외에도 예상치 못하게 들어갈 것들에 20만 원을 할애한다.

총비용은 120~130만 원 정도 예상된다.그렇다면 이 생강을 팔았을 때는 얼마일까? 생강 1킬로그램의 시세는 12,000원 정도라고 한다. 110평 기준 50킬로그램을 심는다면 생산량은 약 500킬로그램 추정된단다. 보통 이렇다고 하는데 난 솔직히 믿기지도 않고 자신도 없다. 생산량이 500킬로그램일 때 수익은 600만 원.

600만 원(생산량 시세)-120만 원(소요비용)=480만 원

이 계산대로라면 난 480만 원의 이익을 얻게 된다.

물론 생산량의 시세가 달라질 수 있다. 이는 매년 달라진다. 윗집 고추밭을 하는 꿔리리—중국 하얼빈에서

한국으로 결혼 이주를 했다. 순창 생활 17년 차. 말이 무척 빠르다—부부는 거의 20년 전에 생강 농사를 지었다고 한다. 작황은 너무 좋았는데 그해 생강 시세가 안 좋아서 그냥 파지도 않고 버렸다고 한다. 수확하는 인건비를 생각하면 버리는 게 더 낫다는 판단이었다고. 농사를 짓는다는 건 그런 위험부담까지 고려한 것이로구나. 하지만 그것을 예측할 수는 없으니 난 일단 480만 원이라는 것만 볼 수밖에 없다. 그 정도면 괜찮다. 물론 생산량의 반 정도는 다음 해에 쓸 종자로 저장을 해두어야 하므로 판매할 수 있는 양은 250킬로그램. 수익은 240만 원. 흠… 그래도 괜찮다. 첫해의 시작이 이 정도인 것은 나쁘지 않다.

내가 글을 쓸 때, 나는 이러한 점들을 고려해보았는가? 전업작가라고 말하면서 나는 내 글이 얼마의 수익을 낼 수 있으며, 얼마나 많은 사람이 볼 수 있는가를 고려하며 글을 썼나? 쓰는 내가 즐거우면 됐지, 라는 생각으로 내가 쓰고 싶은 것만 쓰지는 않았나? 그러면서 안 팔리면 절망하고 분노하고 그러지 않았나? 농사로 말하자면, 친환경 농업을 하면서 생산량이 적다, 벌레가 많다, 풀이 많다고 분노한 것은 아니었나.

전업농이 된다는 것은 생산량을 책임지는 것이다.

한여름에 더위와 싸우며 풀을 베고 가물 때에는 물을 지어 나르고, 씨앗을 쪼아 먹는 새와도 싸우면서 생산량을 늘리는 것이다. 전업이 된다는 것은 그런 것. 나는 어쩌면 전업작가가 아니었는지도 모른다. 그저 취미작가였는지도. 방콕의 카오산 로드에서 어느 아주머니가 무심히 던진 말이 아직도 기억에 남아 있는 것은 나의 무책임한 직업의식에 대한 자책 때문인지도 모르겠다.

나는 전업농이 되고 싶다.

겨울이 지나고 봄이 온다. 텃밭엔 이미 풀들이 마구 자랐다. 이런 기세라면 생강도 마구 자랄 수 있을 것만 같은 희망이 부풀어 오른다. 오려무나 4월아, 생강을 심어주마. 이 세상 어느 생강보다 멋지게 자랄 생강을 심어주마. 텃밭 잡초들 사이에서 캔 광대나물, 별꽃나물로 나물 반찬을 조물조물 무쳐 먹으며 전의를 다져본다. 별꽃나물은 오독오독 씹는 맛이 아주 좋다. 작년 겨울에 심어놓은 뿔시금치와 쪽파가 겨울을 나고 나니 아주 맛이 좋아졌다. 쪽파로 김치를 담그고 부드러운 뿔시금치로 나물을 무쳐 먹으면 식욕이 살아난다.

3월의 요리

나라고 심은 작물들은 안 나고 잡초만 워낙 무성하기에 이것들을 먹을 수 없을까 알아보니 웬만한 잡초는 먹을 수 있다고 한다. 집 주변엔 머위도 잡초처럼 자란다.

머위든 광대나물이든 별꽃나물이든 뿔시금치든 따다가 끓는 소금물에 살짝 데쳐서 초고추장에 무친다. 된장에 무쳐도 좋고 마지막에 들기름을 살짝 뿌려 먹는다. 조금 기분을 내고 싶다면 위에 참깨를 뿌려준다(전라도 음식의 마무리는 참깨를 뿌리는 것이라고 한다. "참깨를 뿌리지 않으면 그건 음식을 한 것이 아녀." 누군가 그랬다). 이 나물 저 나물 섞어서 비빔밥으로 먹어도 좋다. 뿔시금치는 연한 잎만 따서 무쳐 먹는다. 일반 시금치보다 부드럽고 향기롭다.

겨울을 난 봄쪽파는 액젓과 고춧가루를 버무려 김치로 담근다. 지난겨울에 담갔던 쪽파김치보다 향이 좋고 부드럽다. 그 혹독한 겨울을 났는데도 어찌 이리 향긋한 거냐.

4월

생강 심기

생강은 천근성 다년생 작물로 뿌리가 얕게 옆으로 자라난다. 추운 겨울에는 자랄 수 없으므로 사계절이 있는 한국에서는 최대한 오래 키우기 위해 서리가 내리는 계절을 피해 4월에서 11월까지 키운다. 더운 곳이라면 2년 내내 클 수 있는 만큼 크게 자라게 된다.

4월은 생강의 달이다.

밭을 경운하고 퇴비와 비료를 뿌린다. 토양 살충제도 뿌려둔다. 생강에 치명적인 뿌리썩음병을 방제하기 위해서다. 퇴비가 익기를 기다리며 생강 씨앗은 소독을

해둔다. 이 역시 뿌리썩음병을 예방하기 위해서다. 밭을 경운하는 것은 주변 분에게 부탁했지만 고랑을 만드는 일은 괭이로 하기로 한다. 110평 정도의 땅이었으므로 사람을 부르기도 애매했다. 이 정도는 손으로 할 수 있어. 함께 농사를 짓기로 한 농사 친구, 예초기를 가진 사람은 그사이 남자친구가 됐다. 그는 나의 농사의 꿈을 응원해주었다. 하지만 그가 농사를 잘 아는 것은 아니었다. 우린 둘 다 농사 무지랭이였다.

남자친구와 나는 농기구상에 가서 튼튼한 괭이를 하나씩 샀다. 아닌 게 아니라 농기구상은 이곳 순창에서 가장 근사한 쇼핑 장소였다. 읍내라고 해봐야 30분이면 돌 수 있을 만큼 작은 곳이다 보니 쇼핑을 할 만한 곳이 없었다. 하지만 이곳 농기구상은 달랐다. 규모가 컸고 구석구석 빼곡히 들어찬 물건들을 구경하다 보면 시간 가는 줄 몰랐다. 언제나 새로운 농기구들이 나왔다. 농기구뿐만 아니라 건축 자재와 도구들도 있었는데 농기구상 구석에서 15년 전의 핫아이템이라는 조립식 드라이버를 발견하고는 바로 구매했다. 주인아저씨는 먼지 쌓인 그것을 내게 팔며 몹시 기뻐하셨다. 15년간이나 안 팔리던 물건이 팔리는 순간이니. 총 모양으로 생긴 드라이버는 앞부분을 여러 가지 모양으로 교체할 수 있었지만 사실 좀 조악해 보이기도 했다. 하지만 난 충분히 재밌다는

생각이 들어 주저 없이 구매했다. 심지어 가격도 쌌다. 15년 전 가이니 말 다 했다. 물론 남자친구는 말렸다. 목수 일을 하는 그는 차라리 제대로 된 드라이버 하나를 사는 것이 훨씬 낫다고 말했지만, 손잡이를 돌리면 총 모양으로 쫙 펴지는 레트로 드라이버에 꽂힌 나는 기쁘게 지갑을 열었다. 그 외에도 씨앗이나 모종을 심는 기구도 여러 종류별로 있었고, 일을 할 때 입으면 좋은 옷들과 가방도 있다. 밭일을 하다가 이런 것이 있으면 좋을 텐데 하는 것들이 농기구상에 가 보면 신상품으로 나와 있다. 건축자재를 사러 자주 그곳에 가는 남자친구를 일부러 따라가 한참을 구경하다 나오기도 한다.

이른 아침에 밭으로 집결하여 줄로 선을 그어가며 고랑을 만들었다. 괭이로 일일이 흙을 퍼 올려 이랑 고랑을 만드는 일은 생각보다 힘이 들었다. 11시가 되자 숨이 턱에 차고 손끝 하나 움직일 수 없을 만큼 지쳐버렸다. 그렇다고 내일로 미룰 수도 없다. 생강씨앗을 복흥 작목반에서 이미 받아왔고, 실온에 오래 두는 것도 불안했다. 처음이라 무엇이 되고 무엇이 안 되는지 전혀 감이 없었기 때문에 계획대로 하는 수밖에 없다. 손이 덜덜 떨렸다. 점심을 먹고 왔다. 윗집 고추밭도 오늘 고랑을 만들고 있었다. 그 집은 관리기를 돌리고 있다. 관리기는 이랑을 만들면서 비닐까지 한 번에 덮어준다. 속도가 말

도 못 하게 빠르다. 우리가 괭이로 한 고랑 만들고 있는 동안 고추밭 600평이 비닐 덮기까지 끝냈다. 그 모습을 보고 있자니 힘이 쪽 빠졌다. 아무리 기계가 빠르다지만 이건 너무한 거 아닌가. 난 땀에 젖어 관리기를 싣고 사라지는 어느 동네 청년의 뒷모습을 멀거니 바라보았다. 살짝 눈물이 날 것 같기도 했다.

나중에 듣자 하니 관리기를 돌리던 그분들이 괭이로 고랑을 만들고 있는 우리를 보며 굉장히 안타까워했다고 한다. 요즘도 손으로 농사짓는 사람이 있나 하시면서. 다음에 연락하면 잘해주겠다고 남자친구에게 말했다고 한다. 쩝.

하루 종일 괭이질을 한 팔이 밤새 욱신거렸지만 다음 날은 대망의 생강을 심는 날이다.
두둥.

다행히도 밭이랑과 고랑은 생각보다 훨씬 이쁘게 만들어졌다. 기계로 한 것만큼 반듯하지는 않지만 줄도 맞고 예뻤다. 우리가 어제 언성 높여가며 이 줄이 맞네 더 넓어야 하네 어쩌네 하며 한 것들도 그냥 잊혔다. 사실 어제 많이 싸웠다.
나는 두 삽을 뜰 동안 너는 왜 한 삽을 뜨고 있냐.

아까 너 쉴 동안 나 혼자 반 줄은 만들었다.

그 전에 너 쉴 동안 나도 쉰 줄 아느냐.

이런 말다툼이 오고 갔고 결국 점심식사를 하는 동안 말은 한마디도 하지 않았다. 하지만 오늘은 새로운 날이 떴고 생강을 심을 일만 남았다.

쪼개진 생강을 이랑 위에 줄을 맞춰 올려 놓는 일은 남자친구가 하기로 한다. 나는 약 3센티미터 깊이로 심는 일을 맡는다. 남자친구는 어딘가에서 길이 30센티미터 정도의 나무판을 가져온다. 생강 사이의 거리가 그 정도 되어야 한다고 말했더니 그가 만들어 온 것이다. 나는 너무 깊게 심어서 생강을 죽였던 경험이 있었으므로 아주 조심스럽게 생강을 심었다. 심고 나서도 몇 번이나 파고 다시 손가락을 넣어 깊이를 확인하기를 몇 차례 반복했다. 너무 얕게 심어도 안 된다고 했다. 3센티미터의 지옥이다. 하나하나 깊이를 확인하면서 심자니 시간이 오래 걸린다.

"그거 빨리하고 같이 심자."

하며 고개를 들어 남자친구를 찾으니 그는 30센티미터의 지옥에 빠져 있었다. 일일이 나무판자를 대어가며 생강을 아주 정성스럽게 놓고 있다. 조금의 오차라도 생기면 다시 놓기를 반복하고 있었다.

"대충 놔. 딱 30센티미터일 필요는 없어."

"난 눈으로 봐선 모르겠어. 눈썰미가 없어서 이렇게 해야 마음이 편해."

한두 번 자로 맞춰보고 눈대중으로 보면 모르나 싶어 큰소리가 나오려는 걸 참았다. 아니, 안 참았던가…. 그렇게 정성스러운 생강심기는 해가 질 무렵에서야 끝이 났다. 애초의 계획은 생강을 심고 볏짚으로 덮기까지 할 생각이었지만 볏짚 덮기는 다음 날로 넘겨야 했다.

그다음 날.

매뉴얼 북에는 생강을 심은 후에 제초제를 뿌려준 뒤 짚을 덮어주라고 했지만 제초제는 생략하기로 했다. 100평 남짓의 땅이니 풀 관리를 충분히 해줄 수 있다고 생각했다. 게다가 짚피복도 하니 괜찮지 않을까. 이 정도는 할 수 있다. 짚으로 뽀얗게 덮어 놓고 나니 세상 그렇게 자랑스러울 수가 없었다. 참고로 짚을 덮는 일도 하루 꼬박이었다. 그냥 가져다 덮으면 되는 거 아니야, 라고 물론 생각했다. 하지만 생강 심기는 예상과 완전히 어긋나는 일의 연속이었다. 그냥 가져다 덮었을 뿐인데 하루 온종일 걸렸다.

밭을 만들고 생강을 심는 일은 생각과는 많이 달랐다. 그래도 다 해놓고 나니 제법 그럴듯한 밭 모양에 무척이나 뿌듯했다.

한해가 시작될 무렵 다이어리를 사면 제일 먼저 그해의 계획 따위를 적어 놓는다. 요 몇 년간 나는 늘 다이어리에 '가시적 성과 내기'라고 적어 놓고 있다. 내 인생에 '가시적' 성과는 없었다. 뭐 '거의' 없었다, 라고 하자. 전무하다고 하면 좀 쓸쓸해지니까. 하지만 눈에 보이는 어떤 성과를 낸다는 것은 생각보다 참 힘이 든다. 삶은 집안일처럼 살아내고 살아내도 티가 나지 않으므로 '가시적'이란 말과는 어울리지 않는다. 하지만 밭을 만들고 고랑을 내고 생강을 심은 이것은 올해의 '가시적' 성과라고 부름 직하다. 눈앞의 이 생강밭이야말로 '가시적'인 것 아니고 무엇이겠는가. 남자친구와 나는 서로의 얼굴을 마주 보며 "고생했어"라고 말했다. 내 눈앞에 있는 이 사람도 '가시적'인 성과인 것일까. 고맙다.

4월의 요리

여전히 봄나물들은 기승이다. 머위잎을 무쳐 먹는 것에 지쳤다면 머위꽃을 튀겨 먹자.

5월

연애와 농사의
상관관계에 대하여

새로 돋아나는 싹은 어느 싹이건 참 이쁘다. 아기들이 생김새를 불문하고 다 이쁜 것과 같은 것이 아닐까 싶다. 그 조그만 씨앗에서 어떻게 이렇게 부드럽고 뾰족한 싹을 틔우는 것인지 신기해서 씨를 심고 나서는 싹이 나는 순간을 보려 계속 들여다보게 된다. 하물며 내가 좋아해서 심은 생강 싹이야 오죽 기다릴까. 생강을 심고 덮은 짚이 너무 무거워서 혹시 여린 싹이 못 올라올까 들춰보기도 수차례였다. 그래서일까. 기다리는 생강 싹 대신 풀이 자라기 시작했다. 풀도 새싹이긴 하지. 풀 새싹도 처음 떡잎이 나왔을 때는 무슨 진귀한 나물처럼 이건 어떻게 자랄까, 이것의 이름은 무엇일까. 혹시 귀한 풀은

아닐까 싶어 들여다보곤 했지만 나에게 풀은 생강의 성장을 방해하는 귀찮은 골칫덩이다. 매일 아침저녁으로 한 시간씩 밭에 가 풀을 뽑았다. 그러다 씩씩하고 뭔가 있어 보이는 싹을 발견할 때면 뽑기를 망설이며 한참을 들여다보았다. 이게 혹시 생강싹인가. 하루 이틀 더 두고 보기로 한다. 조심스럽게 당겨본다.

"뽑아봐요. 쑥 뽑아지면 잡초고 생강이면 그렇게 바로 뽑히진 않을 거니까."

쑥 뽑아진다. 잡초다. 인터넷으로 생강싹의 모습을 찾아보긴 했지만 실제로는 확신을 가질 수 없었다.

"남자친구야, 이리 좀 와봐."
"왜?"
"이거 생강싹인가?"
"나는 모르지."
"인터넷에서 보던 거랑 비슷하긴 한데."
"파볼까?"
"아니야. 조금 기다려보자."

"윤아, 이거 생강인 거 같아."
"정말?"
"내가 뽑아버렸어."
"아닌 것 같은데."

"아, 다행이다."

"진짜 생강이었으면 어쩌려고 그래? 긴가민가 하면 날 부르라고 했잖아."

"너도 잘 모르면서 뭘?"

우리는 생강밭에서 이런 헛발질을 하며 생강싹을 기다렸다. 막상 생강싹이 나고서야 이 모든 기대와 실망들이 다 헛것이었다는 사실을 알게 되었다. 실제로 생강싹이 나자 이건 누가 봐도 생강싹이었다. 그 씩씩함과 곧음을 보면 누가 봐도 잡초라고 생각할 수가 없었다. 이런 싹을 두고 그간의 힘없는 싹들에게 생강의 너울을 씌웠다는 것이 생강에게 몹시 미안해졌다. 어쩌면 싹조차도 이처럼 생강스러울까. 알싸하고 톡 쏘는 강한 향이 이미 싹에서 느껴졌다.

생강은 심고 나서 약 50일이 지나야 싹이 난다. 잡초를 뽑느라 기운을 좀 뺐을 때쯤 생강싹이 올라왔다. 누군가의 말처럼 죽었나 싶을 때쯤 싹이 나는 것이다.

생강 때문에 남자친구와 나는 많이 싸웠다. 생강싹이 났을 무렵, 우리는 헤어졌던가. 싸울 일은 많았다. 생강을 덮을 짚이 모자라네 마네, 풀을 뿌리째 뽑아야 하네 잎만 뜯어내도 되네 이런 모든 일들이 다 싸울 일이었다.

그나마 기억나는 싸운 안건.

1. 생강 덮을 짚을 미리 구해놨는데 막상 덮어보니 양이 턱 없이 모자란다. 이 양을 누가 정한 것인가.

2. 짚을 언제 덮어야 하는가. 생강작목반 총무님께 전화해서 물어보자. 그것이 물어볼 문제인가?

3. 이랑의 폭을 얼마나 넓게 할 것인가.

4. 생강싹의 모양을 알지도 못하는데 잡초를 뽑는게 의미가 있는가? 이러다가 정말 생강싹이 난것을 모르고 지나치는 것은 아닌가?

5. 짚을 덮었는데 잡초를 뽑아야 하는 것인가? 뽑는다면 어느 정도 수준으로 뽑아야 하나? 위에보이는 것만 뽑아야 하나 뿌리째 뽑아야 하나?

6. 관수 시스템은 어떻게 해야 하는가? 스프링클러를 해야 한다, 아니다 내가 아는 방법이 있다.

7. 물을 언제 주어야 하나? 내일 비가 온다는 데왜 오늘 물을 주는 것인가?

8. 물을 주면서 잡초를 뽑을 때 꼭 우산을 써야 하는가? 일의 능률이 너무 낮다.

9. 매일 풀을 뽑고 물을 주면서 우리 데이트는 안하는가?

10. 말을 좀 이쁘게 하면 안 되나?

11. 니가 생강싹을 깔고 앉아 있는데 말이 이쁘게
    나오겠냐?

이외에도 싸울 이유는 수만 가지였다.

서로 초보 농사꾼이니 진위를 가릴 수도 없었다. 그
저 기분만 상할 뿐이다. 싸우고 헤어지고, 그러다 생강밭
에서 풀을 뽑고 있는 모습을 보며 또 화해하곤 했다. 숱
한 싸움 속에서 생강싹은 무럭무럭 자라났다. 6월 17일
(파종 50일째)에 손톱만 하게 싹이 올라왔다. 이른 더위
와 가뭄으로 3일에 한 번씩 생강밭에 물을 준다. 물을 주
는 일도 그야말로 일이다. 스프링클러가 닿지 않는 구석
의 생강들은 일일이 물을 주어야 한다. 두껍게 덮은 짚으
로 땅속까지 물이 들어갔는지 또 몇 번이나 짚단을 들추
어봤다.

농사를 짓고 나서부터 만나는 시간 모두를 농사일
에 썼다. 그럴 수밖에 없는 것이 그도 주 5일 직장에 다
니고 있고 나 역시도 일이 있기에 그의 일과가 끝난 저녁
시간이나 주말에 농사일을 할 수밖에 없다. 저녁 시간엔
해가 져야 밭일이 끝난다. 해가 질 때까지 알뜰히 시간
을 다 쓴다. 그러고 나면 몹시 배가 고프지만, 마땅히 밥
을 사 먹을 곳이 없다. 읍내의 식당들도 9시면 문을 닫을
시간이므로 나가면 먹을 수 있을지 어떨지 확신할 수 없

었다. 나는 요리에 그다지 흥미가 없는 사람이기도 했지만, 있다 하더라도 땀범벅과 흙투성이 된 몸으로 저녁밥을 짓고 싶지는 않다. 저녁을 차려주는 우렁각시가 있다면 얼마나 좋을까. 그럴 때면 남자친구와 난 오수(임실군 오수면)로 간다. 오수는 순창 읍내보다 조금 더 가까웠고 작지만 편의점이 네 곳이나 있었다. 편의점 도시락과 컵라면을 배불리 먹고 디저트까지 손에 들고 나오면 제법 행복하다. 난 이전에 편의점 도시락을 즐겨 먹지 않았다. 아니 거의 먹지 않았다. 서울에서 살 때는 오히려 집밥을 더 많이 먹었다. 망원동 카페에서 작업을 하고 퇴근하는 길에 망원시장에서 장을 봐서 돌아와 저녁을 해 먹었다. 그러고 나면 저녁 8시 정도. 잠시 쉬다가 한강공원을 걸으러 나간다. 거의 변함없는 일상이었다. 하지만 이곳 동계에서는 장을 볼 곳도 멀고 걸을 곳도 없다. 도로가 아닌 길은 뱀을 만날 확률이 높고, 도로는 쌩쌩 달리는 차 때문에 걷기가 무서웠다. 차도 걷는 사람이 무섭고 걷는 사람도 차가 무섭다. 걸을 수 있는 길이라는 건 도시의 산물이다. 오수의 편의점에서 도시락을 먹고 나서면 한산한 거리가 우리를 맞는다. 오수는 면 소재지임에도 불구하고 큰 마트도 있고 편의시설들이 꽤 있는 편이다. 그렇다고 하더라도 거리는 한산하다. 우리는 편의점 커피나 음료수를 한 잔씩 들고 강가를 걷는다. 주로 농사 이야기를 나눈다. 이 생강이 얼마나 크게 자랄까. 팔면 얼

마나 될까? 아직 너무나 먼 11월의 어느 날을 그려본다.
한껏 자란 생강을 뽑았을 때 어떤 모습이 드러날까.

하아!

뽑지도 못할 정도로 많이 달리면 어쩌지? 생강 캐는
게 그렇게 힘이 든대. 그걸 팔아서 우리 뭐 할까? 나는 언
제나 최고의 결과를 기대했다. 하지만 남자친구는 생강
종자만이라도 건지는 것으로 만족하다며 분위기에 찬물
을 끼얹었다. 찬물을 끼얹었다기보다는 그가 현실적으
로 말한 것이다. 열심히 한다고 모든 것이 그 결과로 돌
아오진 않는다. 그랬다면 우린 뉴스 따위는 볼 필요도 없
을 것이다. 그도 나도 적지 않은 나이, 그 정도는 알 만한
나이지만 그래도 꿈은 꿀 수 있는 거잖아. 나는 버럭 언
성을 높였다. 잡았던 손을 놓고 씩씩거리는 숨을 뱉는다.
그게 아니라 첫해니까 너무 많은 기대를 했다가 실망하
는 것보다 조금씩 기대를 더해 가는 것이 좋잖아, 라고

그가 말했지만 나의 씩씩거림은 풀리지 않았다. 지금 이 순간 맞는 말을 하는 것이 중요한가? 잘될 거라는 꿈이라도 꿔야 오늘의 허리통증과 손목통증을 견딜 수 있을 것 아닌가.

"너는 애가 정말 정이 없어."

"그게 무슨 상관이야? 무슨 일을 할 때는 상황을 정확히 살피고 판단하는 게 중요한 거야."

"회계학과 출신이라 그런가 봐."

"내가 정말 그렇게 접근했으면 아예 농사는 시작도 안 했지. 무슨 소리야?"

"왜? 농사로 돈 버는 게 어때서?"

"농사짓는 사람들한테 다 물어봐라, 돈이 되는지."

"그래도 계산상으로 우리가 기대했던 생산량이 나오면 돈을 버는 거지."

"우리가 산 농기구랑 부대비용은 생각 안 해? 우리 밥값이랑 매일 이렇게 하는 인건비는? 그런 거 다 생각하면 못 버는 거지."

나는 딱히 대응할 말이 없었다. 그런 생각을 하지 않은 것은 아니나, 그런 것들을 꼭 염두에 두지 않았다. 어차피 좋아서 하는 거니까, 라고 생각했다.

그 후로도 우리는 종종 편의점에 가서 늦은 저녁을 먹었다. 손님이 그다지 많지 않은 시골 편의점의 주인과

친해진 우리는 기한이 다 된 샌드위치를 얻어먹기도 했다. 굉장히 쾌활하고 말이 많은 편의점 주인은 몹시 친근했지만, 우리는 피곤하기도 하고 우리의 하루를 정리하고픈 마음이 있었기에 그 쾌활함에 대응하기 힘들 때도 많았다.

편의점 여주인은 남주인을 만나 결혼해서 남주인의 고향인 임실로 내려왔다. 직장 생활만 하다가 시골에서 심심했던 여주인은 남는 땅에 농사를 지었다. 고추 농사를 지었는데 아주 잘됐단다. 따는 족족 팔아서 꽤 쏠쏠한 수입을 얻었다고 한다. 그 후에는 우연히 염소 한 마리를 사서 키웠는데 샀을 때는 염소값이 폭락했을 때라 싸게 샀는데 팔 때는 마침 값이 올라 엄청난 이윤을 남겼단다. 그 바로 다음 해에 바로 염소값이 떨어지는 바람에 가슴을 쓸어내렸단다. 남주인의 고향인지라 집안의 땅이 많은데 이제 농사짓기는 싫고 이사를 하고 싶어서 이곳 오수에 편의점을 열었다고 한다. 누가 봐도 흙과 땀투성이인 우리들에게 농사를 짓냐고 물었고 우리는 조그맣게 시작했다고 말했다.

"몇 평이나 하는데요?"

"그냥 텃밭처럼 100평 남짓이요."

"아이구 진짜 텃밭이네. 그건 농사도 아니지."

우리는 기분이 조금 상했다. 그 텃밭 같은, 농사 같

지도 않은 농사를 짓는다고 매일 지지고 볶고 싸우고 흙투성이가 되는 우리가 조금 안타깝기도 했다.

농사로 돈을 버는 것은 어렵다. 그만큼이나 연애를 잘하는 것도 어렵다. 언젠가 내가 쓴 시나리오가 극장에서 개봉했을 때, 영화에 달린 댓글을 읽어본 적이 있다. 그중 이런 댓글이 있었다.

'아무래도 이 시나리오를 쓴 사람은 무뚝뚝한 성격일 것이다.'

음… 그렇다. 나는 무척이나 무뚝뚝하다. 나에 비해 나의 남자친구는 다정다감한 성격이라고는 하나… 이 나이 먹도록 연애를 하지 않고 있었다는 건 그도 나도 어딘가 연애 세포에 문제가 있었음이 분명하다.

"그래도 농사를 같이하면 할 얘기가 있어서 좋지 않아?"

누군가는 내게 이렇게 말했다. 하지만 그 농사 이야기를 나누다가 우린 싸운다. 처음엔 농사를 같이 지어보자고 의기투합하여 연애를 시작한 것은 사실이다. 하지만 농사 때문에 싸운다. 만날 때마다 땀 냄새가 안 난 적이 없다. 땀 냄새 때문에 음식점이 문을 연 시간에도 가기를 꺼린 적도 있다. 그래도 둘이 같이 땀 냄새가 나니까 그건 좋다.

농사가 이렇게 힘들 줄 몰랐다. 세상에서 제일 힘든 일은 글 쓰는 일이라고 생각했다.

연애가 이렇게 힘들 줄 몰랐다. 세상에서 제일 즐거운 일이 연애라고 생각했다.

둘 다 좋아서 시작한 일. 무언가를 좋아하는 것은 힘든 일이로구나.

새삼 눈앞이 어둑해진다.

5월의 요리

집 뒤편에 죽순이 그야말로 우후죽순 자란다. 자
고 일어나면 쑤욱.

연한 죽순을 잘라 껍질을 까고 데치기까지는 했
는데 어찌 먹어야 할지 막막하다면 마트에 가서
마라탕 소스를 사자. 데친 죽순을 잘라 마라탕
소스를 넣고 볶으면 죽순마라볶음.

순창에서는 보통 들깨에 무쳐 먹거나 초고추장
에 버무려 먹는다.

6월

땅의 소속

앞서 말했듯 나는 평생 직장을 가져본 적이 없다. 그러니까 '소속'을 가진 적이 없다는 말이다. '작가'라는 것은 직업은 될 수 있을지 모르지만 소속감을 주지는 못한다. '시나리오작가조합' 이런 곳은 있다. 조합의 회원이 될 수도 있지만 난 왠지 회원이 되지 않았다. 시나리오 분쟁이 있을 때 도움을 받을 수 있는 유일한 곳이 작가조합일 테지만, 도움을 받아 크레딧에서 내 이름을 찾는 대신 난 내 필모그래피에서 없애버리는 방법을 택했다. 나는 어딘가 소속되는 것을 부담스러워했다. 가족이라는 것도 마찬가지였다. 가족이라는 것을 버릴 수는 없었지만, 가능한 한 거리를 두려고 했다. 내 자식도 두

고 싶지 않았다. '내 자식'만 귀하게 여길까 두려웠다. 유일하게 귀한 것이 생기면 '소속'도 자연스레 생겨난다.

하지만 '소속'이 없다는 것은 누구도 나의 신원을 보증하지 않는다는 뜻이었고, 그로 인한 혜택들도 받을 수가 없다는 뜻이었다. 그런 이유로 여러 가지 지원 사업 같은 것, 복지혜택에서 나는 늘 사각지대에 놓여 있었다. 젊었을 땐 그래도 뭐 그런대로 괜찮았다. 나는 늘 '소속'이 없었고 친구도 그다지 많지 않았다. 전화가 울리는 일이 거의 없었지만 그런대로 괜찮았다.

순창에서는 청년을 정의하는 나이가 49세이다. 워낙 노년 인구가 많은 탓에 청년의 나이가 이렇게 책정된 것이다. 마을 청년회의 나이도 대부분 60대다. 순창군에서 작년에 이어 올해도 청년종자통장이라는 제도를 운영하고 있었는데 순창군에 사는 '청년'이라면 누구나 들수 있고 군에서 많은 금액을 지원하여 목돈을 만들도록 돕고 있는 제도였다. 그 혜택이 워낙 좋다 보니 일단 알고 나면 지원을 안 할 수가 없다. 그러나 이 역시도 근로를 하고 있는 청년이라는 조건이 붙었다. 난 영화캠프에서 일을 하고 있긴 하지만 프리랜서로 일하는 것이어서 '근로'의 조건에 해당하지 못했다. 온갖 서류를 떼어다가 내가 '근로'를 하고 있음을 증명하려 했지만, 공무원

들의 눈엔 마뜩치 않았다.

"올해는 이만 돌아가시고 내년에 다시 한번 해보
시죠."

"내년에 될 거라면 올해 받아주세요."

서류라면 가나다라 읽기도 힘들어하는 내가 이 서
류들을 어떻게 만들어왔는데 그냥 돌아가라니! 그렇다
고 거기서 우기고 있을 상황도, 성격도 되지 못한다. 순
창에 이토록 많은 청년이 있었던가 싶을 정도로 청년들
이 대기실에 줄을 서 있는 상황이었다. 나와 함께 서류를
접수하러 갔던 언니는 무사히 서류 통과가 되었고 난 들
고 간 서류를 그대로 들고 나왔다. 그 순간 왜인지 모르
겠지만 서러워서 눈물이 치밀어 올랐다.

"늘 이렇다니까. 내가 적 둔 곳이 없어서 그래."

같이 간 언니는 그런 내가 안쓰러웠는지 "밥 먹자.
밥 먹으면 나아져."라고 말했다.

청년종자통장의 서류 접수 마지막 날 즈음이 되었
을 때, 나의 남자친구도 서류접수를 하러 갔다. 나는 그
의 손에 미처 접수하지 못한 채 탁자 위를 떠돌고 있는
나의 서류들을 건네주었다.

"니 꺼 접수할 때 은근슬쩍 같이 넣어. 만약 안 된다
그럼 다시 가져오고."

남자친구는 알겠다고 호기롭게 말했다. 그냥 그 서

류들을 버리기는 좀 아까웠을 뿐이다. 안 되면 말고. 난 이미 상처받았으므로 두려울 것은 없다. 오전에 서류를 내겠다면서 읍내로 향한 남자친구는 오후가 되도록 연락이 없다. 늦은 오후 무렵 동계로 돌아온 그에게 물었다.

"내 서류 받아줘?"

"응. 내긴 냈어."

"우와, 몰래 냈어?"

"아니, 너인 줄 알더라."

"서류만 딱 보고 누군지 알아?"

"응. 순창에서 우리영화만들자 영화캠프에서 일하는 사람은 너 하나잖아."

"그렇지. 그렇게 받아줄 걸 진작에 받아주지."

"처음엔 안 된다고 했어."

"니 껀 받아주고?"

"응. 내가 여기 좀 앉아보세요, 그랬어."

"누구? 누구한테?"

"그 공무원한테. 깐깐하게 생겼더구만."

"민선언니도 그러더라. 깐깐하다고. 그러니까 그냥 돌아오지."

"이 친구가 정말 재능이 많은 친구예요. 순창에 있는 청소년들과 학생들에게 영화로 꿈과 희망을 전해주는 친구라니까요."

"뭐, 뭐라고?"

"이런 친구가 대상자가 아니면 누가 대상자가 되겠냐 그랬더니 일단 받아는 준다 그러더라고."

나는 얼굴이 화끈거렸다.

"야!" "안 된다 그러면 그냥 오지, 그런 얘기를 왜 해?"

"안 되면 되게 만들어야지. 내가 그렇게 얘기하니까 공무원도 고개를 끄덕끄덕 했다니까."

"하아…"

"걱정하지 마. 서류를 접수했어. 심사에서 어떻게 될지는 모르겠지만. 니가 일을 안 하는 것도 아니고 서류도 다 됐는데 뭐가 문제야. 그렇게 말을 해놔야 그 사람들도 알게 된다고."

기존에 뉴스에 나오던 민원인들과 조금 성향은 다르지만 어쨌건 이 사람도 악성 민원인이었던 거다.

그로부터 두 달 후, 결과 발표가 났다. 물론 난 선정되지 못했다. 민선언니와 남자친구 모두 선정이 됐다. 적금만료일이 되면 거하게 밥을 사기로 했다. 그것만으로 좋다.

이 일을 겪으며 난 본격적으로 농지원부를 얻어 사업체등록을 해야겠다는 열망에 휩싸였다. 농촌에서 농

지원부가 있다는 것은 그것만으로도 신원보증이 되는 일이었다. 땅을 빌려서 농사를 짓고 있다는 증명인 셈이다.

농부.

농촌에서 농부 증명만큼 명확한 것이 어딨겠는가. 이것이야말로 가장 명확한 '소속'인 셈이다. 땅의 소속. 그 누구의 소속도 아니다. 그저 땅의 소속일 뿐이다. 순창에 내려온 첫해부터 농지를 빌리려 애를 썼지만 쉽지 않았다. 몇 년 전까지만 해도 농지를 구하는 일이 어렵지 않았다고 하는데 어쩐지 내겐 여간 어려운 일이 아니었다. 농지은행에도 동계 쪽은 나오는 농지가 거의 없었을뿐더러 아무런 연고도 없는 나에게까지 올 기회도 없었다. 그런 이유로 난 무척이나 상심했고, 남자친구에게 속마음을 털어놓았다.

"농사를 짓고 싶어도 땅이 없다니까. 이게 말이 되냐고"

"그러게 너무 속상하네. 나도 한번 알아볼게."

남자친구는 나보다 순창에 내려온 지 더 오래됐고, 청년회니 주민자치위원회니 하는 활동들도 하고 있었으므로 그가 알아볼 수도 있다고 생각했다. 그것을 요구한 것은 아니었지만 그가 알아볼 수는 있는 일이라고 생각했다. 그다지 어렵지 않게.

며칠 뒤, 남자친구와 나는 함께 저녁을 먹으러 읍내로 향했다. 말이 조잘조잘 많은 남자친구가 그날은 어쩐지 말이 없다. 한 10분쯤 말이 없이 달렸을까. 남자친구가 무겁게 입을 열었다.

"윤아, 너 나 믿지?"

"푸흣. 너 무슨 사고 쳤냐?"

"대답해. 너 나 믿지?"

"믿진 않지만 말해봐."

"저기…. 나 농지원부가 생겼어."

"뭐? 왜? 니가? 갑자기? 어떻게?"

내용인즉슨 이랬다. 주민자치위원회 회의에 참석한 남자친구는 면장님과 부면장님이 함께 있는 자리에서 "내 여자친구 윤이가 농사를 짓고 싶다고 하는데 땅이 없대요. 이게 말이 됩니까? 농지은행에 가도 안 되고 어떻게 이런 일이 있을 수가 있습니까?"로 시작되는 열변을 토했다고 한다. 남자친구의 이야기를 한참 듣고 있던 건넛마을 이장님이 "이리 와보게. 자네가 정 그러하면 내 땅을 빌려주겠네."라고 하셨다. 남자친구는 "저 말고 윤이요. 윤이가 농사를 짓고 싶대요."라고 말했으나, 건넛마을 이장님은 "윤이가 누군지 알고 내 땅을 빌려줘. 자네야 같이 활동도 하고 몇 년째 알고 지내니 믿을 수 있지만 다른 사람은 아니지."라고 말했고 남자친구는 "그럼 저라도"라고 말하며 받아들였다고 한다.

"어차피 너랑 나랑 같이 농사지을 거니까"

남자친구는 주뼛거리며 말했다.

"배신자. 넌 배신자야."

"정말 그게 아니라니까."

"니 이름으로 농지원부를 얻으면 나는 지금과 다를 바가 없지. 넌 농지원부는 생각도 없었잖아. 넌 순창 와서 거의 10년이 되도록 얻을 생각도 없었고 지금도 농사는 지을 생각도 없으면서 왜 지금 니가 농지원부를 얻겠다는 거야? 농사를 짓고 싶어 하는 사람은 난데."

"어쩔 수 없었다니까. 내가 그러고 싶어서 그런 게 아니라. 물론 니가 충분히 오해할 만한데 사정이 그랬어."

물론 그랬다. 얼굴도 모르는 이에게 농사를 지어온 땅을 빌려줄 리가 없다.

이때부터 남자친구의 닉은 '신자'가 되었다. 배신자.

그로부터 한 달 후, 난 우연히 윗집 고추밭 꿔리리와의 대화에서 그녀가 바빠서 못 짓고 있는 농지를 빌려주겠다는 말을 듣게 되었고, 나도 꿈에 그리던 농지원부와 농업경영체를 갖게 되었다. 처음으로 '소속'을 갖게 된 것이다. 땅의 소속, 직업 농부.

"윤아, 이 밭엔 뭘 심을 거야?"

"들깨."

"왜? 콩을 심으면 어때?"

"여기 고라니가 많대. 콩은 고라니가 다 먹어 치울 것 같아."

"그럼 들깨는 고라니가 안 먹어?"

"들깨는 향도 강하고 씩씩해서 고라니가 못 먹을걸."

신자와 나도 들깨처럼 강해지길 바라본다.

6월의 요리

바빠서 뭘 해 먹은 기억이 없다. 6월의 요리는 편의점 도시락.

7월

나의 첫 초등학생들

6월 말부터 7월 중순은 들깨를 심는 계절이다. 들깨는 씨앗을 직파하거나 모종을 내어서 밭에 정식하는 방법이 있다.

해마다 한 여름은 영화캠프를 하느라 초등학생들과 땀을 흘리며 보낸다. 순창에서 영화캠프 일을 시작한 지도 벌써 4년째. 첫 두 해는 청소년들과 영화를 만드는 캠프를, 작년부터는 초등학생들과 영화를 만드는 캠프를 진행하고 있다. 초등학생들과 영화를 만들 수 있을까. 아니, 이야기를 나눌 수 있을까. 그들과 무슨 이야기를 해야 할까. 그래서 2주 만에 단편영화를 만들 수 있을까. 온

갖 고민이 머리를 가득 메우는 계절이 나의 여름이다. 이번 해에도 쌍치초등학교와 내가 사는 동계의 동계초등학교 캠프가 잡혀 있다. 두 학교 모두 순창 읍내에서 거리가 먼 일종의 오지 초등학교라 할 수 있겠다. 전교생은 20명 안팎. 쌍치초등학교는 그나마 농촌 유학을 온 친구들이 몇 명이 더해진 숫자이다. 학생도 적고 학교도 작고 4학년 교실에 가보면 책상 3개가 덩그러니 놓여 있는 학교들이다. 다문화 학생들도 많고 그 학생들의 어머니들이 가끔 특별 급식을 준비하기도 하고, 또 다문화 어머니들의 일부는 우리 영화 만들자 영화캠프에서 다문화 여성 영화를 만들기도 했다. 대부분 농사를 짓는 부모님. 아이들은 수줍은 미소를 보여준다. 카메라를 들이대면 얼어버려서 "못하겠어요."를 외치며 바닥에 누워버리기도 하고, 대부분은 웃음이 터져서 NG를 연발한다. 하루에 평균 두 명은 싸우다가 울음을 터트리고 입술을 삐죽댄다.

쌍치초등학교 같은 경우는 작년에 이어 올해 두 번째 영화캠프를 진행했다. 내가 사는 동계에서 쌍치는 차로 약 50분이 걸리는 거리. 꽤 멀다. 처음 만난 쌍치 친구들은 개구지고 목소리가 컸다. 소리를 너무 질러대는 통에 수업보다 "자, 얘들아 조용"이라고 말하는 것이 더 많았다. 학생의 반은 말이 없었고 나머지 반은 목소리가 컸

다. 나는 아이들의 기에 눌려 지쳐갔다. 6학년 남학생들은 이미 중학생티가 물씬 났고, 영화 따위는 안중에도 없었다. 사실 초등학생들이 영화에 뭐 그리 관심이 있겠는가. 보는 거야 본다 치더라도 이야기를 만들고 촬영하는 일은 그들에겐 사실 버거운 일이다. 대부분의 초등학생들은—물론 중고등학생, 심지어 어른들도 마찬가지다—무슨 이야기를 하고 싶냐고 물으면 액션, 좀비, 호러 이야기라고 대답한다. 2주일 동안 만들어내기엔 조금 무리인 이야기들. 난 수업을 끝내고 돌아와 밭에 앉아 하늘을 본다. 매일 두세 명씩의 우는 아이들을 달래가면서 정신없는 2주가 지났다. 목소리가 큰 아이들에게 목소리 큰 배역을 주었고, 인형을 늘 들고 다니는 아이에겐 인형을 들고 다니는 배역을 주었다. 시간이 어떻게 흘러갔는지 모를 2주가 지나고 영화가 완성되어 상영회를 했다. 선생님들과 부모님들은 무척이나 신나 하셨다. 아이들에게 수료증을 수여하고 소감을 묻는 자리가 이어졌다. 꽃다발을 건네받고 무대 앞에 선 아이들은 나를 처음 만났을 때처럼 뻘쭘한 표정이었다. 아이들에게 영화캠프를 한 소감을 묻는 인터뷰를 진행하는 것은 나의 역할. 나역시 어색하긴 마찬가지였다.

"영화캠프를 하면서 제일 힘든 것은 무엇이었나요?"

"다 힘들었어요."

"영화캠프에서 뭐가 제일 재밌었나요?"

"음… 재밌었어요."

또 다른 녀석에게 마이크를 들이밀었다.

"저… 모두들 재밌었다는 말을 기대하시는 것 같은데요…"

"다른 얘길 해도 돼."

"저는 별로 재미없었어요. 힘들기만 하고."

"그래도 싫은 내색 안 하고 끝까지 다 했구나. 고마워."

아이는 씨익 웃는다.

아이들은 의외로 잘 참는다. 그리고 수긍도 잘한다. 제멋대로인 것 같지만 친구와 같이해야 한다는 것도 알고 있다. 이들은 나의 첫 초등학생들.

다음 해, 그러니까 올해에 쌍치초등학교는 한 번 더 영화캠프를 하겠다고 했고, 나는 작년에 이어 두 번째로 그 녀석들을 만나러 갔다.

목소리가 컸던 6학년 녀석들은 졸업했고 새로운 신입생도 있다. 작년에 만났던 녀석들은 작년처럼 수줍지만 어딘가 반가운 기색으로 나를 맞아주었다. 왠지 "우리 서로 아는 사이죠?" 이렇게 말하는 느낌. 졸업한 녀석들은 영화캠프를 다시 한다고 하니 우리를 만나러 오고 싶다는 말도 전해왔다. 물론 오지는 못했지만 그 말만

으로 무척이나 반가웠다. 그 녀석들의 말처럼 우리가 서로 아는 사이여서 그런지 캠프는 작년보다 훨씬 수월하게 느껴졌다. 녀석들은 뭘 해야 할지 알고 있었고, 내가 왜 지금은 이해하지 못할 것들을 하라고 하는지도 알고 있었다. 녀석들이 좀 떠들어도 괜찮았다. 그래도 "액션" 소리가 들리면 쥐 죽은 듯 조용해질 것을 알고 있었기에. 다시 만난 아이들은 1년 동안 많이 자라 있었다. 자식이 없는 나로서는 좀 생경하고도 뜨거운 느낌이었다. 녀석들은 몸집도 커졌지만 마음도 자랐다. 어딘가 의젓해지고 눈빛도 다부지다. 작년엔 그렇지 않았는데 이 녀석들에게 1년 동안 무슨 일이 있었기에 이렇게 다부진 눈빛을 가지게 된 것일까. 내가 모르는 녀석들의 그 시간이 문득 궁금해졌다. 녀석들의 그 모든 시간을 함께해준 부모님과 선생님들에게 새삼 고마운 마음이 들었다. 나의 작년 2주일 같은 시간을 매일 이 녀석들과 함께했을 사람들. 부모와 선생이란 건 참 대단한 일이다.

캠프가 진행되는 와중에 들깨를 심어야 한다.
나의 첫 들깨들.

순창에서 나를 알고 있는 거의 모든 사람이 나의 농사를 걱정했다. 초보 농사꾼이 거의 500평이 되는 땅을 지을 수 있겠나. 혼자서 들깨모를 심는 것도 쉽지 않을

텐데 하며 걱정의 눈빛을 보내왔다. 하지만 나에게 신자가 있다. 관리기 모는 법을 배운 신자는 빌려온 관리기로 이랑과 고랑을 만들었다. 비록 뱀의 허리처럼 구불구불하긴 하지만 관리기를 돌렸다는 사실에 방점을 찍기로 한다.

우리가 택한 들깨심기 방식은 직파였다. 들깨 씨앗을 직접 심는 방식. 캠프를 최대한으로 피해 들깨를 심어야 하는 나는 모종을 심는 것보다는 조금 더 품이 덜 드는 직파를 선택한 것이다. 그럼에도 불구하고 들깨들이 몹시 걱정되었던 동네 언니 두 분이 품앗이 지원을 나와주었다.

"박작가야(이곳에서는 거의 모든 사람이 나를 이렇게 불렀다), 한 구멍에 열 알 정도 넣으면 된다."

"네?"

"박작가야, 꼭 열 알이 아니어도 된다. 대충 많이 넣어."

"네?"

"그냥 팍팍 넣어. 많이 넣어야 한꺼번에 얘네들이 쑥 힘주고 올라온다. 조금씩 넣으면 싹이 밀고 올라오는 힘이 없어."

"너무 많이 넣으면 씨앗이 모자랄까 봐요."

"모자라면 내가 또 준다. 걱정하지 마라."

"네."

"박작가야, 나 하는 거 봐라. 이렇게 쏙, 파고 쏙, 파고 쏙…."

"저도 그렇게 하고 있는 것 같은데요."

"아니야. 그렇게 공들여서 안 해도 된다."

"그래도…."

고개를 들어보니 비닐 덮은 이랑에 들깨를 넣을 구멍을 내고 있는 신자도 정확히 40센티미터를 맞추느라 고전하고 있었다. 언니들이 나의 일하는 모양새가 어설프게 보이는 것도, 집에서 안절부절못하니 차라리 나가서 도와주자고 밭으로 나선 것도 왠지 이해됐다.

나는 잠시 쉬며 밭을 바라봤다. 언니들은 천천히 여유롭게 들깨씨를 넣고 흙 덮고 자리를 옮기고를 반복하고 있었다. 그들의 움직임은 급한 맘 없이 평화로웠다. 밭이 이렇게 평화로울 수 있구나. 적어도 내게 그 밭은 거의 전쟁터와 같았다. 이 비닐을 치는 일만 해도 신자와 내가 이틀 동안 밭의 이곳저곳을 뛰어다니며 한 것이다.

"오른쪽으로, 아니, 지금 비닐이 울었잖아."

"이렇게?"

"아니 오른쪽이라니까."

"이게 오른쪽이잖아."

"아니, 아 왼쪽으로."

"처음부터 왼쪽이라 그래야지."

"팥이라 말해도 콩이라 알아들어야지!"

"팥을 팥이라 알아듣는 게 잘못이냐?"

"아 나 참, 지금 나한테 짜증내는 거야?"

"짜증을 내긴 누가 짜증을 내?"

"그만 해, 그만 해."

그런데 언니들과 함께하는 들깨심기는 참으로 고즈넉하고 평화롭다. 밭에서 일을 한다는 것이 이럴 수만 있다면 좋으련만. 평화로움이나 고즈넉함도 아무에게나 마구 오는 것은 아니다. 신자와 나 사이에도 저 언니들이 함께한 시간만큼의 시간이 흐르면 평화로움이 오려나. 밭과 나에게도 그런 시간만큼의 시간이 흐르면 평화로움이 찾아오려나. 아직은 안으로 밖으로 치열한 내전 중이다.

언니들의 도움으로 겨우 들깨심기를 마쳤다. 이제 비가 좀 와주면 좋겠는데 비가 온다던 예보는 자꾸만 틀어진다. 속이 타들어 간다. 이대로라면 발아하기 힘들 텐데. 난 물을 한 통씩 밭으로 날랐다. 한두 통으로는 간에 기별도 안 가는 밭의 넓이와 가뭄이다. 다행히 며칠 뒤에 비가 왔고 나와 신자는 가슴을 쓸어내렸다. 이제 싹이 올

라올 일만 남았다.

비가 또 왔다.
밭에 나가본다.
고라니가 다녀간 발자국만 어지럽다.
비가 또 왔다.
밭에 나가본다.
싹이 날 생각을 안 한다.
이상하다.
날 때가 지났는데.
하루가 멀다고 밭에 들러보았다.
마침내 싹이 올라왔다.
약 900개 중에 50개만.
나는 무너졌다.
왜?
왜 싹이 안 나는 거지?
밭을 뛰어다니며 싹이 난 곳을 보다가 이유를 알
았다.
새였다.
싹이 나지 않은 비닐 위로 새의 발자국이 선명하게
찍혀 있었다. 들깨 심은 구멍을 바라보고 서 있었던 것이
분명한 발자국 위치. 이렇게 서서 들깨를 파먹었구나. 그
많던 들깨를 모조리 다 파먹었구나.

이런 새새끼.

정말이지 난 울고 싶었다. 뭐든 심기만 하면 싹이 나지 않던 2년 전의 내가 어쩌면 진짜 나였는지도 모른다. 작년에 고추며 고구마며 뭐라도 자랐던 것은 그저 초심자의 행운에 불과했던 거야.

들깨심기를 도와주었던 언니들이 들깨의 안위를 물어왔다. 난 고개를 돌렸지만 언니들은 이미 알고 있었다. 새들의 만행을.

"그런 일이 왕왕 있다. 그래서 모종으로 심는 거야."

"지금 들깨모종을 어디서 구해요. 내 들깨씨앗은 이미 다 새가 먹어버렸고, 들깨모종을 낼 시간도 없고 내기

에도 늦었어요."

"아니야 괜찮아. 집집마다 남은 들깨모종이 있어. 내가 구해볼게."

평화로운 언니들은 듬직하기까지 했다. 내 마음과 밭엔 피바람이 불고 있는데 언니는 평화로웠다. 나도 엉겁결에 평화로워지기로 한다.

"저도 구해볼게요."

들깨모는 대부분 넉넉한 양을 내므로 남는 집이 있다. 나는 그간 한 번도 전화를 넣어본 적 없는, 그저 안면이 있는 다른 언니에게 전화해서 부탁을 드렸고 흔쾌히 남은 모종을 가져가라는 답을 들었다.

"천천히 해라. 하는 만큼 하면 된다."

평화로운 언니가 말한다.

그래, 첫 농사는 잘 해내야 한다고 그동안 아득바득 해왔던 마음을 조금 풀어 놓았다. 그래, 할 수 있는 만큼 하자.

캠프를 끝내고 집으로 돌아와 한 이랑 혹은 반 이랑이라도 심어나갔다. 캠프가 끝나자 얻어온 모종도 끝이 났다. 모자란 모종은 다시 평화로운 언니가 가져다주었다. 그래도 모자란 모종은 뒤늦게 나를 위해 일부러 모종을 내준 평화로운 언니네에서 또 얻어왔다. 이렇게 밭을 모종으로 가득 채울 수 있게 되었다. 무려 한 달에 걸친

들깨심기가 끝났다.

　나의 첫 초등학생들처럼 다부진 들깨로 자라나
주길….

레이젠 토스터, 청리워, 쌔상엄

7젊이 오긴

8월

여름 나기 힘들지?

8월의 생강밭엔 풀이 무성하다. 어느 밭에나 풀
이 무성하니 특별히 이상할 일은 아니지만, 그 풀을 뽑아
야 한다는 것은 몹시 고단한 일이다. 생강인지 풀인지 모
를 정도로 자라난 풀들을 보면 안 뽑아줄 수도 없고, 뽑
자니 한여름 햇볕이 너무 뜨겁고. 모기는 왜 그렇게 많은
걸까. 한번 밭에 나갈 때마다 엉덩이와 허벅지가 자갈밭
이 된다.

풀.
참으로 기이한 것들.

언제나 작물 밭에는 작물보다 풀이 더 많이 더 먼저 자란다. 작물을 살리기 위해선 풀을 뽑고, 깎아주어야 하는데 말처럼 이 작업이 쉽지는 않다. 뽑다가 뽑다가 하늘을 본다. 8월의 하늘은 흐리멍텅하다. 햇볕은 뜨거운데 정작 하늘빛은 흐리멍텅하고 해는 보이지 않는다. 미친 8월의 태양은 비겁하기까지 하다. 사람은 왜 이 풀을 먹지 않고 하필이면 늦게 자라는 작물을 먹겠다고 하는 것일까. 아무것도 하지 않아도 이렇게 쑥쑥 자라는 것을 먹는다면 농사가 훨씬 쉬울 텐데.

제초제를 쓰지 않은 생강밭은 잠시도 내버려 둘 수 없을 정도로 풀이 자랐으므로 7월과 8월 내내 풀을 뽑는 일에 매달려야 했다. 말끔해진 생강밭을 보며 흐뭇해하는 시간은 그야말로 순간일 뿐, 다음 날이 되면 또 처음 뽑은 그 자리에 풀이 자라고 있는 것을 보게 된다.

6월에 새로 얻은 들깨밭에도 풀이 한가득이다. 나는 들깨밭과 생강밭을 오가며 풀을 베느라 숨이 넘어갈 지경이었다. 풀이 들깨보다 더 높게 자라면 그 해 농사는 망친 것. 더 크기 전에 잘라주어야 한다. 신자가 예초기를 돌렸지만, 들깨 주변의 풀은 손으로 다 베어야 한다. 한낮의 뜨거운 햇빛을 피해 하루 한 고랑의 풀을 베다 보면 어느새 또 처음 시작했던 고랑에 풀이 자라 있다. 내

앉은키보다 훨씬 자란 풀 사이로 땀이 뚝뚝 떨어진다. 내 땀으로 들깨가 자라는 것이라 믿고 싶다. 풀들 사이에 앉아 정신없이 낫질을 하다 보면 문득 세상에 나 혼자라는 느낌이 든다. 내 손으로 이 넓은 밭의 풀을 다 베어내야 한다. 아무리 잘라도 아랑곳하지 않고 고개를 쳐드는 좀비 같은 풀들과 나 혼자 싸워야 한다. 처음에 낫을 들고 밭 앞에 서면 무서움이 몰려왔다. 자신 없다. 이 풀들을 다 베어낼 자신이 없어. 이건 안 되는 싸움이야. 그대로 돌아서고 싶은, 도망가고 싶은 마음이 굴뚝같았다. 감당이 안 되는 풀의 무게. 여름은 좀처럼 끝나지 않을 것만 같다.

신자는 풀베기를 무척이나 싫어했다. 제초제를 쓰지 않으려는 나를 원망하는 것이 분명했다. 그래도 이 풀을 어떻게 할 거냐, 베야지. 이번 여름은 유난히 덥고 하루 종일 밖에서 일해야 하는 신자도 몹시 지쳐 보였지만 나도 신자의 지침을 돌아볼 만한 여유가 없었다. 만날 때마다 싸웠고 급기야 신자는 풀베기는 못 하겠노라 선언하기에 이르렀다. 이렇게 쉽게 못 하겠다고 말하다니. 나는 서운함과 분노가 치밀어 올랐다.

"지난 달에도 친구 만난다고 갔다 왔잖아?"

"그건 쉰 게 아니지. 일이 있었다니까."

"거짓말. 놀러 간 거잖아. 그때도 난 풀 뽑고 있었

79

다고."

"누군 놀아?"

"노는 거잖아?"

"이 농사 내가 하자고 했어?"

"그럼 저것들 그냥 죽여?"

신자는 생강이 자라건 말건, 들깨가 씩씩하건 말건 관심이 없는 것 같았다. 애초에 농사를 하고 싶었던 것은 나였으니까. 나는 신자의 무심한 마음이 서운했다.

들깨밭에 들어서자 위 밭에서 무언가 부스럭대는 소리가 들린다. 위 밭 할머니다. 위 밭을 할머니 혼자 농사를 짓고 계신다. 들깨와 참깨를 심으셨다. 거동이 불편하신 할머니는 언제나 전동의자를 타고 오신다. 이번 봄에 가물 때도 전동의자에 물 한 통을 지고 오셔서 들깨에 물을 주시면서 농사를 짓고 계신다. 한 번에 한 통씩. 한 통이라 봐야 20리터. 물론 그 무게는 할머니에게도 만만치 않지만 500평에 주기에는 턱없이 부족하다. 하루 한 통씩. 할머니는 그렇게 물을 나르며 들깨를 키우신다. 고개를 들어보니 위 밭 할머니가 전동의자에 앉으셨다가 다시 밭으로 들어선다. 나는 할머니를 향해 손을 흔들었다. 밭에서 만나는 이들은 반갑다. 할머니도 내게 손을 흔들어 화답하셨고, 우린 들깨 속으로 사라진다. 한참을 풀을 벤다. 할머니는 위 밭에서 난 아래 밭에서. 얼마나

시간이 지났을까, 할머니의 목소리가 들린다.

"이제 가자."

나도 허리를 든다.

"덕분에 가려다가 좀 더 했네."

"저도 할머니 덕에 했네요."

밭에서 만나는 이들은 정말 반갑다. 말없이 각자 밭에서 풀을 베다 잠시 허리를 들고 눈맞춤을 하는 것만으로 위안이 된다. 할머니는 우리 밭—우리 밭이라고 말해도 될까—을 보며 칭찬하셨다.

"들깨가 잘 됐어. 이제 풀만 잡아주면 돼."

"풀 잡기가 쉽지 않은데요."

"조금씩 하면 돼. 이 집 들깨가 잘됐어."

들깨밭에서 몇 번 뵙기만 했던 할머니의 말에 기운이 난다.

"할머니는 어디 사세요?"

"난 저기 본마을에 살아. 그짝은 어디 살어?"

"저는 요기 고개 넘어요. 종식이 아저씨네 큰집 아랫집이요."

"어어 거기? 가깝구만. 해 질 때 됐어. 얼른 가자."

"저는 늦게 와서 조금만 더 하고요."

"그려. 너무 애쓰지 말어."

"밭에서 또 뵈어요."

"그려, 그려자고."

할머니의 전동의자가 돌돌돌돌 멀어진다.

위 밭 할머니와 나는 들깨밭에서 가끔 만나게 됐다. 굳이 약속을 한 것은 아니었고 더위가 한풀 죽어드는 오후 녘에는 밭에 나가게 되기 때문이다. 심심풀이로 작은 밭을 가꾸시나 했던 할머니는 알고 보니 전문 농사꾼이었다.

"들깨는 돈이 안 돼. 키우기는 편한디."

"저는 처음이라 그런지 풀 관리 하는 게 너무 힘들어요."

"힘들지. 제초제 안 뿌리면 힘들어. 여기도 싹 뿌렸으면 좋겠는디."

"하아 그러게요."

"고추를 혀. 고추가 돈이 돼."

"고추는 관리할 게 많아서 힘들다고 하던데요. 병도 많고요."

"그렇지. 그래도 3000주 정도는 혼자 할 수 있어."

"제가 할 수 있을까요?"

"나도 혼자 했어. 저쪽 마을에 밭도 있어. 저 들깨밭 위에 밤도 하고 있고."

"우와 그걸 혼자 다 하세요? 저는 이것만으로도 벅찬데요."

"아이고 나 따라 올 생각 말어. 난 30년을 농사를 지었어. 밭을 몇천 평씩 했어. 지금이야 밭이랑 논이랑 다 넘겼지만 내가 농사로 6남매를 키운 사람이여."

"세상에 그걸 어떻게 하셨어요? 농사를 짓고 싶은 데 전 엄두가 안 나요."

"풀 베기 힘들지?"

"네."

"천천히 혀. 조금씩 하다 보면 점점 일꾼이 돼."

"그럴 수 있을까요?"

"그럼. 지치지 않게 천천히 혀."

할머니가 "힘들지?"라고 말하실 때 난 거의 눈물이 날 뻔했다. 할머니는 몇천 평 밭 앞에서 얼마나 많이 울고 싶으셨을까.

"할머니, 내년에는 여기 생강을 심을까 하는데 어떨까요?"

"생강? 생강씨가 비싼디 괜찮것어?"

"내년에 씨생강 할 요량으로 조금 키우고 있긴 해요."

"땅이 생강이랑 맞을까 모르것네. 이 밭의 저 위쪽은 조금 퍽퍽하거든. 반 정도만 해보고 넓혀."

이름도 모르는 위 밭 할머니와 나는 더 오래 많은 이야기를 나누고 싶었지만 해가 이미 넘어간 뒤였다. 더 어두워지기 전에 집으로 돌아가야 한다. 다음번엔 할머니의 성함이라도 여쭤봐야겠다.

씻고 침대에 누워 머리맡에 있는 손마사지기에 손을 넣는다. 욱신거리는 손목에 마그네슘 오일을 듬뿍 바르고 손마사지기에 손을 집어넣으면 위아래로 꽉꽉 주물러준다. "으으으" 소리를 내면서 고추 생각을 한다. 분명 생강을 심으려 얻은 밭인데 위 밭 할머니의 말에 마음이 흔들린다.

사실 풀을 뽑고 베는 일에 난 많이 지쳐 있다. 8월의 불볕더위보다 풀에 더 지쳐 있었다. 강렬한 햇빛에 풀이 더 잘 자라고, 강렬한 햇빛에 풀을 베는 것은 더 힘들다.

그렇다고 여름이 덥지 않다면 그것도 문제다. 그러니 어쩌라고? 그냥 묵묵히 베고 뽑는 수밖에 없다. 생강을 심고 난 5월 6월 매일 아침저녁으로 풀을 뽑았지만. 풀은 사그라들 기미가 보이지 않고 더 자라났다. 이미 생강밭의 풀질에 조금씩 지쳐가던 나는 의아한 생각이 들었다. 스마트팜과 선진 농업, AI가 가수의 노래를 분간할 수 없이 따라 부르는 시대에 이깟 풀을 해결할 방법이 없단 말인가. 내가 초보라서 모르는 풀 뽑는 기술이 있을 것이다. 생강 농사를 몇 년 지었다는 이를 수소문하여 무작정 전화를 넣었다. 제초제를 쓰지 않고 농사를 짓는 이라고 했다. 그런 이는 분명 어떤 방법을 가지고 있을 것이다.

"생강 농사를 지으셨다고 들었어요. 저도 지금 생강을 하고 있어요."

"아, 그러시군요."

"생강 농사를 몇 평이나 하신 건가요?"

"많이 할 때는 400평 정도 했어요."

"저는 지금 110평 정도 하고 있어요."

"그것도 힘들 텐데…"

"네 그래서 여쭤보고 싶어서요. 풀 관리는 어떻게 하셨어요? 제초제를 쓰지 않으셨다고 들었는데요."

"계약 재배의 조건이 그거라 제초제나 약은 하지 않았어요."

"그러니까요. 그래서 풀 관리는 어떻게 하셨어요?"

"그냥 뽑았죠."

"그거 말고 뭐 노하우 같은 것 없나요? 무슨 방법이 있지 않나요?"

"너무 힘들 때는 동네 할머니들께 삯을 드리고 했어요."

"아…."

나는 잠시 말을 잃었고 전화기 너머 상대도 말이 없었다.

"그럼 그냥 사람이 하는 수밖에 없는 거네요."

"그렇죠. 풀 관리를 하는 뾰족한 방법이 있는 건 아니에요."

나는 절망에 빠졌다. 그래도 무슨 방법이 있을 줄 알았다. 정말 나는 전화를 걸기 전까지만 해도 그런 희망이 있었다. 110평은 사람을 사서 뽑을 정도는 아니었으므로 나는 그 후로도 부지런히 풀을 뽑았지만, 며칠 농땡이를 부리면 풀은 마법처럼 자라 있었다. 그리고 한여름이 되자 미친놈 수염마냥 푸드덕거리며 자라났다. 그걸 보고 있으면 정말 이것들은 뭔가 싶을 정도로 어이가 없어진다.

어느 여름날 오후 녘에 풀을 뽑고 있는데 위 고추밭 주인인 꿔리리가 "언니, 뭐 해?" 하고 부른다. 꿔리리도 고추밭에서 일을 하고 나도 생강밭에서 일을 할 때면 우린 자주 마주친다.

"풀 뽑아."

"아이고."

"꿔리리는 뭐 하러 나왔데?"

"고추밭에 약 주려고. 어제 비 왔잖아."

"고추는 참 병도 많고만."

"올해 비가 많이 와서 3일마다 약 줘야 해."

"빨리 8월이 갔으면 좋겠어. 너무 힘들어."

"그러게. 언니도 쉬엄쉬엄해."

다들 쉬엄쉬엄하라고 하지만 누구도 쉬엄쉬엄하지 않는다. 시기를 놓치면 한 해 농사를 망치는 걸 알기 때문이다. 땀이 자꾸 눈으로 들어가 따갑고 아프다. 땀인지 눈물인지 모를 물이 온 얼굴과 온몸을 타고 흘러내렸다. 초보 농부인 나에게 농사 원년 8월은 너무 힘들다.

풀은 지나치게 자랐고, 그 풀에 치여 초보 농부의 연애는 끝이 났다. 풀을 베다 마음도 베어버렸는가.

8월의 요리

동네에서 얻은 애호박으로 간장 비빔국수를 해
먹는다.
국수와 함께 애호박을 썰어 넣고 삶아 건져낸다.
건져낸 국수와 애호박에 간장, 식초, 설탕, 들기
름을 넣고 비비면 끝. 조금 기분을 내고 싶으면
마지막에 참깨를 뿌려준다.

9월

밤의 계절

8월 말이 되면서 밤엔 기온이 점차 서늘해진다. 밤공기의 서늘함이 팔뚝에 닿으면 생각한다. 올해는 밤이 많이 열렸으려나.

9월은 밤이 떨어지고, 밤을 줍고, 밤을 팔고, 밤을 먹는 계절이다. 9월 초에 주운 밤을 냉장고에 잘 숙성시켜 9월 말에 먹으면 정말 달고 맛있다. 밤 수매장도 9월 2일에 문을 열었다. 해마다 조금씩 다르지만 대체로 9월이 시작되면서 밤도 시작된다. 처음 밤숲에서 밤을 발견했을 때 마치 금을 본 것 같았다. 반짝이는 갈색 금이 온 숲에 흐드러지게 널려 있어 난 그저 손을 뻗어 그것을 줍기

만 하면 되는 것이다. 동글동글하고 반짝이는 윤기를 가진 갈색의 작은 덩어리. 멧돼지가 씹어서 뱉기 전에 얼른 줍고 싶어 부지런히 허리를 굽힌다.

"어떨 때 이곳 순창에 살고 있다고 느끼세요?"

'한국인의 밥상'이라는 TV프로그램에서 순창으로 촬영을 나온다고 한다. 지인이 출연하게 되었는데 마침 촬영 장소가 내가 밤 줍는 산이라 나도 얼결에 출연이란 것을 하게 되었다. 프로그램의 PD는 마침 귀촌 신참내기인 나에게 이 질문을 던졌다. 어떨 때 순창에 살고 있다고 느끼세요?

"심심할 때요."

그저 툭 튀어나온 대답이었지만 나는 꽤 맘에 들었다. 그날 저녁에도 다음 날 저녁에도 두고두고 어깨를 으쓱할 만큼. 심심하다는 것은 일종의 여유다. 낯선 상황과 장소, 사람에게는 심심함을 느낄 수가 없다. 조금 긴장해야 하고 알지 못하는 돌발 상황에 대비도 해야 한다. 하

지만 무슨 일이 일어날지 어느 정도 예측이 가능하고 이 공간도 익숙하다면 마음의 여유가 생긴다. 마음의 여유만 아니라 시간의 여유도 생긴다. 생활을 한다는 건, 일상을 보낸다는 건 그런 익숙함이 아닐까. 순창에서 살면서 내가 심심함을 느낀다는 건 내가 이곳에 익숙해졌다는 뜻일 게다. 그 익숙함, 그래서 익숙함과 익숙함 사이에 다음의 익숙함을 기다리며 심심해지는 것이다. 어쩌면 마당에 뱀이 나올 수도 있고, 방 안에 지네가 나올 수도 있지만, 그것들 역시 예측 가능한 익숙함의 종류다. 그래서 내가 이곳에서 심심함을 느낀다는 건 이곳에서 생활하고 살고 있다는 명백한 심리적 증거인 셈이다.

얼마 뒤, 지인은 우리가 찍힌 '한국인의 밥상' 상영본을 나에게 보여주었다. 하지만 그 상영본에 내가 밤을 곱씹어 가며 맘에 들어 했던 "심심할 때요."는 나오지 않았다. 아마도 프로그램의 취지와는 맞지 않는 답이었나 보다. 아쉽다. 멋있었는데.

어느 날 고개를 들어보면 하늘의 색은 여름과 다르게 푸르러 있다. 가을이다. 여름엔 땅이 푸르러지고 가을에는 하늘이 푸르러진다. 그러다 겨울이 되면 하늘은 푸르다 못해 시퍼레진다. 생강밭의 풀은 아직 남아 있지만 난 조금 고개를 돌리기로 한다. 처음 생강을 심을 때 지

나가던 어느 어르신이 그랬다.

"옛말에 생강밭을 지날 때는 발걸음도 조심하라고
그랬어."

"그래요? 그게 무슨 뜻일까요?"

그때는 그저 고개를 갸우뚱했다. 하지만 지금은 어
렴풋이 그게 무슨 뜻인지 알 것 같다. 생강은 얕게 심기
때문에 심는 것도 조심, 그렇다고 뿌리가 드러나면 안 되
므로 쓸려나간 흙을 그러모아 자주 북주기를 해야 한다.
잡초가 있으면 성장이 방해되므로 자주 제거해줘야 하
는데 풀을 뽑다 보면 뿌리가 드러나기 다반사. 줄기와 잎
사귀를 보면 크고 단단하고 씩씩하게 쭉 뻗어 있지만 그
아래 뿌리는 아주 얕아 걸핏하면 땅 위로 모습을 드러내
곤 했다. 잡초를 뽑다가 같이 뽑아버린 생강도 한두 개가
아니다. 그러니 잡초 제거도 조심스럽게 이리저리 헤집
어가며, 그러니까 생강의 눈치를 보아가며 뽑아줘야 한
다. 생강은 들깨처럼 이래도 푸드덕 저래도 푸드덕거리
며 자라는 맛은 없다. 좀 애지중지해주어야 한달까. 가리
는 것도 많고 입맛도 까다로운 자식새끼 같은 느낌. 게다
가 생장 기간도 기니 1년 내내 생강 이 한 녀석에게만 매
달려야 한다. 그냥 생긴 것만 이뻐. 사람도 외모가 중요
하긴 하지만 외모만으로 1년 내내 한결같은 사랑을 주기
에 조금 벅차게 느껴질 때가 있다. 요즘이 내겐 그렇다.

그러고 보니 난 전혀 다른 성격의 두 녀석을 키우고 있다.

생강과 들깨.

들깨는 이름에서처럼 '들개' 같은 거친 느낌이 있다. 아닌 게 아니라 이 녀석은 병치레도 없고 따로 손 갈 것이 많지 않다. 그야말로 잡초와 비슷하달까. 아무 곳에서나 잘 자라고 빨리 자란다. 생육 기간도 짧다. 나 같은 경우는 7월 중순에 모종을 정식했으니, 석 달 정도면 수확이 가능하다. 노지 밭에 키워도 따로 물을 주거나 하지 않아도 된다. 게다가 들깨로 짠 들기름은 얼마나 맛이 있는지. 이 맛을 보고 나선 참기름을 먹지 않게 되었다.

반면, 생강은 앞서 말했듯 느리고 오래 자라면서 요구사항은 많다. 병도 있다. 열대 식물이면서 더우면 덥다고 시들고 추우면 춥다고 죽어버린다. 여름에 훌쩍 자라면서도 너무 햇볕이 뜨거우면 잎이 마르는 탓에 차양도 쳐주어야 한다. 반음지가 생강엔 제격이다. 하지만 그렇다고 반음지에만 두면 괜찮은가? 그것도 아니다. 반음지에만 있으면 줄기만 지나치게 성장해버려 뿌리가 더는 자라지 않을 수도 있다. 그러니까 일 년 내내 차양을 걷었다 쳤다 걷었다 쳤다, 짚을 덮었다 열었다를 해야 한다. 뿌리가 커지는 작물이다 보니 영양분도 엄청 많이 필요로 한다. 물을 좋아한다고 하지만 너무 많아도 안 돼. 건조해도 안 돼. 이런 젠장, 이쁘면 다야?

우리 생강은 정말 이쁜 거 빼곤 장점이 없는 것인가. 음…. 생강잎이 코끝을 스칠 때 은은한 생강향이 좋다. 풀인지 생강인지 확인하려고 고개를 들이밀고 볼 때 풍겨오는 생강향. 생강밭의 그 향기가 참 좋다. 물론 들깨향도 좋다. 들깨 사이에서 풀을 베고 있으면 알싸한 들깨향이 가득해 시원해지는 느낌이 든다. 그러고 보니 들깨는 정말 뭐 하나 버릴 것 없는 녀석이로구나. 생강의 장점을 말하고 싶었는데….

　한때는 생강밭에 나가 한참을 넋을 놓고 바라보곤 했었다. 사진도 이리저리 찍어가면서 휴대폰 홈 화면으로 걸어두고 시시때때로 보고, 사람들에게도 자랑하던 시절. 아니 더 거슬러 올라가서 생강을 키우고 싶다며 눈을 반짝이며 말했던 시절. 물론 지금도 내 휴대폰 홈화면은 생강 사진이다. 생강이 싫은 건 아니야. 하지만 예전처럼 두근대지 않는 것은 나도 생강에 익숙해져버린 탓일까. 그렇게 좋다던 생강을 바로 옆에 두고 나니 마음이 해이해진 것일까. 이렇게 보자면 뿌리를 내린다는 것은 위험한 일이겠다는 생각이 든다. 생강 입장에서 보자면 얼마나 억울할까. 달리 자리를 옮길 수도 없는데, 그저 하루하루 생강처럼 지낼 뿐인데 지루하다느니 성격이 안 좋다느니 까다롭다느니 이런 말을 옆에서 한다면. 어찌할 수 없는 생강 입장에서 할 수 있는 유일한 저항은

죽어버리는 것. 아, 독한 녀석 같으니라고.

생강에 대한 이런저런 불평을 내뱉고 있는 9월의 나는 조금 심심한 것 같다.

9월 중순 무렵.

9월 중순이 되어도 34도를 넘나드는 불볕더위가 꺾이지 않는다. 그래서인지 생강이 병이 들었다. 처음엔 하나, 둘이었던 것이 밭 전체로 번졌고 읍내까지 가서 약을 구해다 뿌렸지만, 약 기운이 도는 것 같지는 않다. 엎친 데 덮친 격이랄까. 약을 주다가 약통 무게에 휘청거리며 멀쩡한 생강들을 밟아버렸다. 그나마 멀쩡한 녀석들이었는데 내 발아래서 뚝 분질러졌다. 부러지고 시들어가는 녀석들. 더워서일까 아니면 신자가 이 밭에 발길을 끊은 것을 알아차린 것일까. 작물들은 주인의 발소리를 듣고 자란다고 하더니 내 발소리만으로는 부족했나 보다. 노랗게 잎이 말라가는 녀석들을 보다가 나는 고개를 돌려버렸다.

9월의 요리

밤조림이다.

가능한 한 큰 밤을 준비해 껍질을 깐다. 속껍질은 그대로 남겨둔 채 그대로 베이킹소다를 푼 물에 끓인다. 끓인 물은 버리고 다시 베이킹소다 물에 끓이고, 물 버리고를 몇 번을 반복한다. 마지막에 설탕을 넣은 물에 넣고 바글바글 끓이면 오래 두고 먹을 수 있는 밤조림 완성.

이때 주의 사항은 밤껍질을 깔 때 속살이 드러나지 않도록 주의해야 한다는 것. 오래 끓이는 과정에서 속살이 드러난 밤은 터져버린다.

또 하나, 밤은 숙성되지 않은 생밤으로 하는 것이 맛있다. 갓 떨어진 밤으로 해야 한다. 저온에서 숙성된 밤은 쪄서 먹으면 달고 맛있지만 밤조림으로 했을 때는 밍숭하다.

10월

기다려온 계절

동계에 내려와서 좋아하는 계절이 조금씩 바뀌고 있다. 서울에 살 땐 겨울을 가장 좋아했다. 추위에 약하긴 했지만 한겨울에 볼이 터질 것 같은 찬 바람을 맞서며 걷는 것을 좋아했다. 뺨에 부딪히는 칼날 같은 공기가 좋았다. 운동을 하기 위해서가 아니라 그 칼날을 맞기 위해 겨울 저녁에 한강을 따라 걸었던 적이 많았다. 그러고 나서 집에 돌아오면 얼굴이 간질간질 녹아내리는 것 같았다. 하지만 동계에 내려온 이후로는 겨울에 그렇게 걷지 않게 되었다. 몇십 년은 족히 됐을 시골 농가는 겨울에 몹시 추웠다. 온갖 이유로 올라가는 기름값에 더 부들거리며 두꺼운 옷을 그러모았다. 그 옷이 무겁게 느껴질

즈음 봄이 온다. 봄엔 여러 나물을 먹기 좋았다. 겨울을 지난 뿔시금치는 야들야들하고, 쪽파 역시 아주 달다. 이파랗고 여린 것들이 어떻게 그 서슬 퍼런 겨울을 보일러나 파카도 없이 견뎌냈을까 싶다. 텃밭에 올라오는 각종 풀들 중엔 먹을 수 있는 풀들이 많았다. 그것들을 베다가 무쳐 먹었다. 집 앞 은행나무 아래에는 당귀가 자라고 있다. 집 뒤엔 대나무가. 봄엔 죽순이 그야말로 우후죽순 올라왔다. 아침마다 그것들을 꺾어 껍질을 까고 삶아 냉동실에 넣어둔다. 따로 장을 보지 않아도 먹을 것이 넘쳐난다. 이름 모를 풀떼기들이 마트나 시장에서 샀던 이름 있는 풀 못지않게 맛이 있었다. 처음 맛보는 것들이어서 그런지 오히려 더 맛있었다.

8월의 가혹한 더위와 무자비한 풀을 견딜 수 있는 것은 그다음에 가을이 있기 때문이다. 특히 올해는 가을이 오지 않을 것을 알았다면 8월을 견디지 못했을 것이다. 가을엔 먹을 것이 넘쳐난다. 밤이 떨어지고, 감도 익는다. 들깨도 까맣게 익고 호박도 커진다. 고구마도 캔다.

아, 깊은 가을밤 불현듯 냉장고에 저장해 둔 밤을 꺼내 삶아 까먹는 맛이란.

손이 닿지 않는 곳에 그대로 남겨둔 아쉬움은 감나

무 끝에 매달린 감이다.

　　가을의 시작은 밤이다. 밤이 떨어지면 가을이 왔구나 싶다. 처음 밤을 주우러 갔을 때 난 일종의 충격을 받았다. 밤이 바닥에 다 떨어져 있는 것이다. 그 밤을 그저 손을 뻗어 줍기만 하면 돼.
　　세상에 밤이 사방에 떨어져 있다니까!
　　정신없이 떨어진 밤들을 줍고 허리를 펴는 순간, 윽 소리가 절로 나왔다. 밤에 정신이 팔려 허리를 펴지도 않고 얼마나 돌아다닌 건가. 하지만 햇빛을 받아 갈색의 금처럼 반짝이는 밤을 보면 줍지 않고는 배길 수가 없다. 금을 찾아 돌아다닌 사람들의 마음을 이해할 수 있을 것도 같았다. 금을 발견하기만 한다면, 그 금을 그저 줍기만 하면 되는 것이다. 밤도 역시 마찬가지다. 밤이 떨어진 장소를 발견하기만 한다면 그 밤을 줍기만 하면 되는 것이다. 나는 아구구 소리를 내면서도 밤나무 아래에서 다른 밤나무 아래로 땅에 시선을 꽂은 채로 돌아다녔다. 그러다 허리를 펴지 못해 그대로 주저앉은 적도 있다. 밤에 미치면 이런 꼴이 되는구나.

　　동네에 도시에서 이사 온 노부부가 동네를 걷다가 밤이 떨어져 있는 것을 보곤 신이 나서 주워 왔다. 그 모습을 본 동네 이장은 노부부에게 주워 가지 말라고 말했

다. 한 소리를 들은 노부부는 버럭 성을 내며 "이 나무가 당신 나무요?" 하고 따졌다. 길에 떨어져 있는 거 좀 주워 가는 게 무슨 문제냐. 그러자 동네 이장은 다소 난감한 표정을 지으며 대답했다. "내 나무입니다." 노부부는 움찔하여 그대로 돌아섰다. 그래도 분이 풀리지 않아 집으로 돌아와 씩씩댔다고 한다. 그 후로 동네에는 표지판이 나붙었다. 무단 채집 금지.

이 이야기를 듣고 우리는 깔깔깔깔 웃었다. 그렇다. 밤은 따는 것이 아니라 떨어진 것을 줍는 것이다. 그래서 떨어진 거니까 아무나 주워도 되지 않아? 라고 생각하기 쉽다. 하지만 밤은 원래 줍는 거고 남의 밤을 함부로 주워서는 안 되는 것이다. 1년 내에 밤이 떨어지기만을 기다리며 가지도 쳐주고 퇴비도 주고, 밤 줍는 철이 가까워지면 예초도 해가면서 키우는 것이기 때문이다. 밤을 함부로 주워가는 것, 그것도 도둑질이다.

나는 감을 좋아하지 않지만, 뒷마당에 있는 대봉감을 맛본 뒤로는 가을마다 잊지 않고 감나무에 매달려 감을 딴다. 쫀득쫀득하고 달콤한 감살의 맛이 가을 밤낮 모두 어울린다. 가능한 한 많이 따두고 싶지만, 집의 나이만큼이나 나이가 많은 감나무는 키가 커 손이 닿지 않는 것이 한스럽다. 어릴 때 외할머니 집에 감나무가 있었다.

겨울에 외할머니댁에 놀러 가면 어둡고 추운 골방에서 무르고 시커먼 홍시를 꺼내 주셨던 기억이 있다. 어렸을 때 난 그 홍시가 참 싫었다. 매끈하지도 이쁘지도 않고 차갑고 까맣고 물렁거리며 콧물처럼 흘러내렸다. 그런 홍시였는데 어쩐지 여기에선 맛이 있었다. 그것도 '참' 맛있었다. 새들이 미친 듯이 달려들어 감을 다 쪼아먹기 전에 따기 위해 목이 꺾일 지경이다.

아직 단단한 대봉감 몇 개를 따서 목장갑으로 먼지를 닦아내고 있을 때, 마당으로 누군가 고개를 쑥 내밀었다. "누구세요?"라는 말이 겨우 나왔다. 동네 할머니들이 무슨 잔소리를 하러 들르셨나 싶기도 해서 조금 겁이 났던 것도 사실이다. "들깨 안 베?" 그 말을 단번에 알아듣지 못했다.

"네?"

"나여. 위에 들깨밭"

"아, 할머니."

시력이 나쁜 나는 위 밭 할머니는 단번에 알아보지 못했다.

"이 집 들깨 다 말랐어. 베야 혀."

"할머니는 다 베셨어요?"

"난 오늘 털었어."

"벌써 터셨다구요?"

"응. 오늘까지 해서 끝냈구만. 왜 안 베는 겨?"

"하던 일이 아직 안 끝나서요. 안 그래도 베야 하는데 하고 마음이 급했어요."

"내일부터 비온디야."

"그러니까요. 비가 계속 들락날락해요. 할머니는 언제 말리셔서 터셨데요?"

"그냥 후딱 해버렸어."

기가 막히다. 이번 주도 비가 이틀이나 내렸고, 다음 주에도 비가 들쑥날쑥 잡혀 있는데 도대체 할머니는 언제 베어서 말려서 턴 것일까.

"이 집은 들깨가 다 말라서 한 삼 일만 말려도 될 거여."

"그래도 비가 계속 잡혀 있잖아요."

"그렇긴 하지."

"들깨 많이 나왔어요?"

할머니는 말없이 고개를 저었다. 참깨를 수확했을 때의 표정과 같다. 올해 할머니의 참깨와 들깨 모두 수확량이 별로인 것 같다. 혹시 초보 농사꾼이 들깨 수확시기를 놓칠까 봐 할머니는 노심초사하여 들르신 것이다.

할머니가 다녀가신 이후로 일주일이나 지나서 들깨를 벴다. 들깨를 베고 3일 이후에 들깨를 털었다. 시기를 좀 놓쳐서인지 어쩐 일인지 들깨의 양이 그다지 많지 않

앇다. 시기를 맞춰 턴 집의 수확량을 물어보니 그 집도 들깨 양이 작년만 못하다고 한다. 그 말에 조금 위안이 된다. 들깨를 키우기는 쉽지만 터는 것은 참 힘들다. 진짜 들깨알만 한 들깨들이 사방팔방 튀고, 그나마 나온 들깨들도 다시 체에 거르고 바람에 날려서 진짜 들깨들만 얻어내기까지가 참 고단하다. 들깨를 터는 와중에 소식이 들려왔다. 들깨를 털던 누군가가 진드기에 물려 쯔쯔가무시병에 걸렸다고 한다. 들깨를 털다 보면 벌레가 정말 많다. 처음엔 조심조심 털었지만 점점 벌레 따위는 아무렇지 않게 맨발로도 들깨 위를 걸어다니게 된다. 뉴스에서만 보았다. 가을철에 전북 어느 지역의 최모 할머니가 쯔쯔가무시에 걸려 사망하는 사고가 발생했습니다. 진짜 그런 일은 충분히 일어날 수 있는 일이다.

이곳에서 살게 되면서 가장 자주 듣는 소식은 농기구 사고다. 트랙터가 후진을 하다가 사람을 보지 못하고 치었다. 관리기에 다리가 끼었다. 그런 소식이 심심치 않다. 진드기는 언제나 요주의 대상이다. 여름과 가을엔 뱀도 조심해야 한다. 밤을 줍는 일은 늘 뱀과 함께한다. 밤에 정신이 팔려 손을 뻗었다가 바로 옆에 뱀을 보지 못하는 일도 허다하다. 그러고 보면 우리의 일상은 누군가의 죽음 위에 놓인 것인지도 모른다. 아무렇지도 않게 별일 없이 지나가는 하루하루, 매일 같은 밥상은 누군가의 일

상이 끝남으로써 얻어진 것들이다. 내가 사는 집도, 지하철도 다리도, 인류의 역사에 획을 그을 대단한 건축물이 아니라 해도 집을 짓다가 누군가 사고로 죽을 수 있다. 들깨를 털다가도 죽을 수 있는데 집을 짓다가는 왜 못 죽겠는가. 누군가 자신의 일상을 영위하기 위해 일을 하던 중에 죽을 가능성은 충분히 있다. 그 죽음 위에 다른 누군가의 일상이 평화롭게 흘러가는 것이다. 내 밥상 위에 놓인 쌀도 들기름도 밥도 그런 위험을 감수하고 내 앞까지 온 것이라고 하면 마냥 당연하고 평화롭지만은 않다. 그렇다고 끼니마다 눈물을 지을 수는 없지만, 나의 평화로움이 당연히 나의 능력이나 혹은 우연히 얻어진 것이 아니라는 것을 알고 있기만 해도 좋겠지. 내가 아무리 돈이 있어도 누군가 죽을지도 모를 위험을 감수해가며 그 일을 하지 않으면 난 쌀도 들깨도, 집을 살 수도 없다.

물론 이곳에서 쯔쯔가무시병에 걸린 사람은 금세 나았다고 한다. 면역력이 충분한 사람이었나 보다. 다행이다. 들깨를 털다가 들려온 쯔쯔가무시 소식에 난 여러 생각이 들었다. 오늘 들깨를 털고도 쯔쯔가무시에 걸리지 않고 살아남은 것에 새삼 감사한다. 사실 이후로 며칠 동안 샤워할 때마다 온몸을 구석구석 훑어보는 버릇이 생겼다. 혹시 어디에라도 진드기가 붙어 있을까 염려하며. 그러다 급기야 낮은 열과 두통이 났고 두려움에 읍

내의 병원에 가서 몸을 까뒤집기도 했다. 의사는 "요즘 쯔쯔가무시가 유행입니다."라는 불길한 말을 내뱉었고, "그러니까요. 저도 그것 때문에 왔어요."라고 소리쳤다. 다행히 난 쯔쯔가무시는 아니었다. 신자도.

결과적으로 들깨의 작황은 그다지 좋지 못하다. 너무 더웠던 날씨 탓인지 다른 집들도 그러하다고 하니 조금 위안이 되긴 했지만 그 수고로움에 비해 결과는 초라했다. 다 팔아도 들깨 농사에 들어간 비용을 건지기 힘들 정도로. 이래서야 땅세라도 낼 수 있을까 싶을 정도이니 말 다 했지. 비닐 걷는 수고를 조금 줄이고자 비싼 친환경 비닐을 썼던 것이 원자재 상승의 요인이었을까. 다른 사람들은 어떻게 짓는 것일까.

깨끗이 고른 들깨를 들고 방앗간으로 갔다. 방앗간이 가장 바쁠 시기. 날마다 방앗간 앞에선 고추 빻는 알싸한 냄새와 참기름 들기름 짜는 고소한 냄새가 번갈아 풍겼다.

"들깨가 잘아."

"그렇죠? 좀 작죠?"

"올해 들깨가 다 이래."

"들기름 짜주세요. 아주 살짝만 볶아서요."

"깨소금 할 때 맹키로 그렇게 볶아?"

"아주 살짝이요."

"그러니까. 깨소금 맹키로 볶으면 돼. 직접 농사지은 거야?"

"네."

"고생했네. 많이 나왔어?"

"아니요. 알도 작고 양도 적어요."

"들기름 짜서 팔아."

"팔 데가 있어야지요. 그리고 팔아도 돈이 얼마 안 돼요."

"그래도 팔아야지?"

"내 품값이 없어요."

"그건 그냥 들어간 거지. 그것까지 챙길라 그러면 되나."

옆에 앉아서 떡을 드시며 기다리시던 할머니도 가당찮다는 듯 손을 내저으신다.

"그래도 이번 여름에 풀 베느라 얼마나 고생했는데요."

사장님과 할머니는 내 품은 치는 거 아니라고 하시면서도 그래 우리도 그랬지. 그런데 그게 좀 서글펐어 하시듯 시선을 떨구셨다. 기름을 다 짜고 방앗간비를 계산하려는데 사장님은 말없이 천 원짜리 몇 장을 내게 내미셨다. 깎아준다는 말도 없이 그냥 내미셔서 그냥 받아 들었다. 나라도 니 품값 좀 보태주마.

　10월은 들기름을 짜고 친구들에게 택배를 보내느라 정신없이 보낸다. 다시 한번 위 밭 할머니의 말을 떠올린다. 농사지어서 6남매를 키우셨다는 할머니는 어떻게 하신 걸까. 그게 가능한 것일까. 날씨 때문에 수확량이 적었다 치더라도, 농사짓는 사람이 수확량이 적으면 그해 수입이 없는 것인데 그럼 어떻게 먹고사셨을까. 다리도 허리도 꼿꼿했을 위 밭 할머니의 젊은 시절 어느 날을 떠올려봤다. 어느 하루 쉬운 날이 없었겠지. 밭을 가는 것도, 심는 것도, 물을 주는 것도, 해충 약을 주는 것도, 거두는 것도, 파는 것도 그 어느 것 하나 쉽게 넘어가는 날은 없었을 것이다.

　추신〉 10월은 들깨 때문에 생강밭에 가볼 시간이 없었다. 가물지도 않아서 생강이 무럭무럭 커지기만을 마

음속으로 바랄 뿐. 나방들의 피해가 걱정되어서 막걸리와 소주를 이용한 나방 트랩을 만들어 설치해주었을 뿐이다. 그래도 생강들의 성질이 한결 너그러워졌는지 별탈 없이 지내주었다.

10월의 요리

들기름, 들기름, 들기름!
따뜻한 밥에 갈치속젓과 들기름을 넣고 비벼 먹
는다. 청양고추를 송송 썰어 넣어도 좋다. 따뜻
한 밥에 일단 들기름을 넣고 나면 그다음에 무엇
을 넣어도 맛있다.

11월

드디어 생강!

10월 말에도 시퍼렇게 푸릇푸릇한 생강을 보면서 땅속의 생강은 어떤 모습일까 상상해보았다. 생강을 심는 그 순간부터 땅속에서는 무슨 일이 일어나고 있을지 상상해보았지만, 나의 지나친 상상력이 지나친 기대로 이어질까 봐 고개를 내젓기도 했다. 11월 초, 드디어 생강을 뽑았다. 힘찬 줄기를 양손으로 움켜잡고 흔들어 쑥 잡아당기자 쑥 뽑혀 나오는 생강 더미들. 생각보다 크다. 병도 들고 나방도 많아서 걱정했는데 생각보다 크다. 몇 줄기를 뽑으며 절로 신이 났다. 작은 것은 700그램 정도, 큰 것은 2킬로그램까지 나오는 것을 보며 신이 났다. 그 더위를 견디고 땅속에서 남모르게 이만큼 자란 녀석

들이 그저 대견하고 대견하다. 서리 내리기 전 1차로 생강을 뽑아 작목반의 저장고에 씨생강(내년에 심을 종자 생강)을 보관하기 위해 갔다. 생강작목반이 있고 생강밭이 많은 복흥은 들썩들썩했다. 동계 끄트머리에서 겨우 80킬로그램 남짓한 생강을 싣고 고개를 넘어 1시간을 달려온 나와는 다른 분위기다. 저장고 앞으로 들어오는 생강들은 보통 1톤 단위로 들어오고 있었다. 우와, 우와, 그 규모에 놀라 나는 그저 소리만 질렀다. 그에 비하면 제대로 된 포대도 아닌 빌린 쌀포대에 담긴 80킬로그램의 생강은 너무, 뭐랄까, 안쓰러워 보인달까.

아침부터 씨생강을 캐고 싣고 달려가느라 아침도 점심도 걸렀지만 너무 정신이 없어서인지 배도 고프지 않았다. 씨생강을 맡기고 돌아오는 길, 갑자기 울음이 터졌다. 함께 생강 거두는 일을 하기로 한 신자는 놀라 왜 그러냐고 물었지만 울음이 섞여 제대로 된 답을 할 수 없었다. 잘했다는 총무님의 칭찬 때문이었을까, 씨생강을 잘 맡겼다는 안도감 때문이었을까. 봄부터 여름을 거쳐 가을에 이르기까지 생강을 마주했던 순간들이 정말이지 주마등처럼 지나갔다. 주마등처럼 지나간다는 건 이런 것이로구나. 여름이 제일 힘들었다. 눈물인지 땀인지 뭔지 장맛비처럼 쏟아지던 습기 속에서 난 많이 힘들었던 것 같다. 그래도 키워냈구나 하는 안도감이 들었다. 어쩌

면 1년 내내 가지고 있던 긴장감과 불안감이 그 순간 터져버린 걸지도 모르겠다. 나의 상상이 현실이 되지 않을지도 모른다는 생각에 상상도 붙들어 매고 싶었던 시간들이 지나갔다.

수고했어. 감사합니다.

씨생강을 맡기고 나자 이제 본격적으로 수확을 해서 수매를 하는 일이 남았다. 연달아 두 해 동안 생강값이 높았던 탓인지 올해는 생강값이 형편없이 싸다. 그래서 복흥작목반 사람들도 이른 수매를 멈추고 김장철까지 기다리기로 했다고 한다. 나도 김장철에 맞추어 생강을 캐기 시작한다. 갓 캐낸 생강은 수분을 잔뜩 머금어 뿌리를 잘라내면 얼굴에 물이 튈 정도다. 생강이 물을 좋아한다는 말이 사실이구나 싶다. 뽀얗고 발그레한 갓 캐낸 생강은 정말이지 예쁘다. 그동안 내가 마트나 시장에서 보던 생강은 이 생강이 시간이 지나 껍질이 마른 상태였던 거다. 하지만 갓 캐낸 생강은 뿌리가 달렸을 땐 흡사 '캐러비안의 해적'에서 나오는 해양 괴물처럼 생겼지만 흙을 털어내고 보면 그저 말갛고 줄기 부분은 발그레한 자줏빛을 띠고 있다. 흙을 털다가 몇 번이나 아이구 이뻐를 연발하게 되는 절대 미모의 생강이들. 생강 상자에 차곡차곡 넣어서 광주의 공판장으로 보낼 준비를 한다.

처음이라 장소를 헷갈려 허겁지겁 달려간 공판장 차량이 도착하는 접수 장소에 생강상자를 내려놓는다. 옆에 상추상자가 놓인 것으로 봐서 접수 장소가 확실하긴 한가 보다. 상추상자 옆에 생강상자를 내려놓고 돌아선다. 이른 겨울의 추위에 흙도 털린 채로 오도카니 쌓여 있는 생강상자를 보자 갑자기 또 울컥했다. 저것들 괜찮으려나. 공판장엔 온갖 생강들과 채소들이 다 올 텐데 그것들 사이에서 기가 죽진 않을까. 거기서 험한 꼴 당하면 어쩌지. 이대로 이렇게 허허벌판 같은 곳에 두고 가도 괜찮은 걸까. 돌아서다가 신자에게 "잠깐만" 하고 소리쳤다. 우리는 그렇게 생강상자를 바라보며 잠시 서 있었다. 돌아오는 길에 신자가 말했다. "아까 생강이들 말이야. 늠름해 보이더라. 잘 갈 테니 걱정 말라고 말하는 것 같았어." "난 좀 안쓰러워 보이던데." "응 나도 처음엔 발걸음이 잘 안 떨어졌는데 돌아서서 다시 보니까 의젓하더라."

이런 말은 좀 뭐 하지만 장성한 자식을 결혼시키는 부모님의 마음이 이런 것일까 싶기도 했다. 이젠 다 커버려서 더 끼고 살 수도 없는데 보내는 게 아쉽고 마음 아프고 서글프기도 하고 대견하기도 하고 뭐 그런 거 말이다. 며칠이라도 더 키울 걸 그랬나 하는 생각도 스쳐 갔다. 그래봐야 밤서리에 얼어버렸을 텐데. 지금이 떠나보

내기 가장 좋을 때다. 그러면서도 돌아오는 트럭에서 눈물을 찔끔거렸다. 도대체 이놈의 생강이 뭐라고 몇 번을 우는 거냐. 1년을 기다린 올해 가을은 온통 눈물이다.

　새벽 6시, 아직 해도 뜨지 않은 어둠 속에서 휴대폰 벨이 울렸다. 이 시각에 올 전화가 없다는 걸 알기에 평소 같으면 받지 않았겠지만, 웬일인지 주섬거리며 받았다.
　"여보세요."
　"박윤씨죠?"
　"네."

"여기 광주청과입니다. 아침 경매에서 생강 4,380원 (1킬로그램의 가격을 말한다.) 나왔습니다."

"네, 전화 주셔서 감사합니다."

나는 다시 자리에 누워 눈을 감았다가 떴다. 정확히 얼마인지 듣지는 못했지만 남원경매장에서 말한 가격보다 높았다. 물론 내가 씨생강 산 가격보다는 훨씬 낮은 가격이지만. 올해 생강 가격이 폭락한 것 치고는 선방한 것 같았다. 기특하다 우리 생강이들. 다시 눈을 감았다. 경매장 가운데에 오도카니 놓여 사람들에게 둘러싸인 모습이 떠올랐다. 누가 사 갔을까. 어디로 가게 될까. 어느 시장에 가게 될까, 누가 사 갈까. 시장 상인은 생강이들을 팔면서 뭐라고 말할까. 생강이들의 이후의 모습을 떠올리려 했다. 유튜브를 보면 생강을 사다가 생강청을 담그는 사람들도 많던데, 만약 그들 중 하나가 생강이들을 사 간다면 다시 볼 수 있을 텐데 하는 생각도 났다. 그럼 알아볼 수 있을까. 공판장으로 가는 차량의 접수 장소에서 본 모습이 역시 마지막이다.

생강을 손질하면서 신자와 하루 종일 경매장에 나간 생강이들 얘기를 하며 신났다. 조금이라도 경매가를 더 받았다는 사실에 우리는 기뻐했다. 생강 금액이 곧 입금된다는 문자메시지가 오고 난 후, 난 뭔가 놓친 것 같은 느낌에 다시 문자메시지를 열었다. '특등급', '특'이라

고 적혀 있다. 난 조금 높은 경매가보다 높은 등급을 받았다는 사실이 더 기뻤다.

"우리 특이래. 특!"

"역시 그럴 줄 알았어. 내가 그랬잖아. 마지막 가는 모습이 심상치 않았다니까."

신자와 나는 마구 웃었다. 안 그래도 생강이들이 어느 정도인지 궁금했다. 물론 성적으로 아이를 평가하는 그런 부모는 절대 아니지만, 궁금하긴 했다. 신자는 만나는 사람마다 자랑했고, 말은 안 했지만 난 무척이나 뿌듯했다. 특등급 생강의 삶이란 좀 다른 것일까 어떨까 궁금했다.

'메디슨카운티의 다리' 영화에서 보면 메릴 스트립이 집에 혼자 있을 수 있었던 것은 남편과 아이들이 모두 농산물박람회에 갔기 때문이다. 직접 키운 호박을 출품하는 그 박람회에 참가해 호박이 다른 호박들을 제치고 그해의 호박으로 상을 받을 수 있는지, 다른 호박들은 얼마나 큰지 좋은지 뭐 그런 것들을 보러 간 것이다. 아이들까지 모두 간 그 박람회 덕분에 메릴 스트립은 클린트 이스트우드를 만날 수 있었던 거다. 나는 바로 이 부분이 잘 이해가 되지 않았는데, 호박이 크고 작고가 뭐라고 그걸 온 가족이 며칠 동안이나 보러 간단 말인가. 이건 메릴 스트립을 혼자 두기 위한 작의적인 설정 아닌가

싶기도 했다. 하지만 지금의 나라면 그 설정에 박수를 보내고 싶다. 직접 키운 호박을 들고 설레는 마음으로 1년에 한 번 유일하게 외출하는 사람은 외도 따위는 생각도 하지 못하는 사람일 것이다. 평생 아내만을 보며 성실하고 조금은 지루하게 지내는 사람. 그 외출에 함께하지 않는 메릴 스트립은 그 성실함과 지루함과 안정감에서 조금 떨어져 나오고 싶은 마음이 있다는 것을 보여주는 것이기도 하다. 메릴 스트립이 안전한 공간인 집에 있다는 것도, 그녀의 집에서 외도가 일어났다는 것 역시 클린트 이스트우드와의 외도를 잠시의 일탈이나 단순한 성적 충동으로 보이는 것을 막아준다. 나도 내 생강이들을 들고 그런 박람회에 참가하러 가고 싶다. 다른 생강은 어떻게 컸나 궁금하기도 하고 어떻게 키웠나 물어도 보고 싶고, 풀은 어떤 풀이 났었는지, 파밤나방과 조명나방은 어떻게 잡았는지 같이 이야기하며 맞장구치고 웃고 그러고 싶다는 생각이 들었다. 생강을 캐고 팔면서 비록 주인공도 아니고 조연이라고 볼 수 없을 만큼 등장하는 장면도 거의 없지만 메릴 스트립의 '남편'을 떠올렸다. 그는 그 박람회에서 걱정 없이 즐거웠겠다는 생각이 들었다. 그는 그런 사람인 것이다. 물론 '내'가 그런 사람이라는 주장은 아니다. 결코. 물론 '내'가 그렇지 않은 사람이라는 주장도 아니다. 아, 꼭 '나'를 정의하려는 것은 아니다, 라는 것으로 마무리해야겠다.

내가 사는 동계와 가장 가까운 공판장을 찾다 보니 남원이 있다. 생강작목반이 있는 복흥은 아무래도 광주공판장이 크고 가깝지만 동계에서는 남원이 훨씬 가깝다. 아무래도 공판장에 파는 일은 처음인지라 여러 공판장에 내보기로 했다. 1차로 광주공판장에 낸 이후로 신자와 다시 다시 생강 다듬는 작업을 해서 남원공판장으로 향했다. 이번에는 1차보다 한 상자가 더 많은 10상자를 싣고 해가 진 어두운 논길을 가로질러 남원으로 간다. 둘 다 흙투성이다. 내일은 신자가 속해 있는 주민자치위원회에서 자매결연을 맺은 서울 ○○구로 동계에서 난 농산물을 팔러 가기로 했기 때문에 서둘러 돌아와야 한다.

저녁 7시 무렵, 남원공판장에 도착하자 하차를 도와주시는 분들이 나오셨다.

"생강 10개요."

"생강은 가격이 안 좋은데. 잘해야 1킬로그램에 3,000원, 못하면 2,000원이에요."

이미 낮은 가격인 건 알고 있었지만, 그보다 훨씬 더 낮은 가격에 놀란 나는 생강상자를 들다 말고 그대로 멈춰 섰다. 영문 모르는 신자는 계속 상자를 내리고 있다가 내 표정을 보더니 왜 그래 무슨 일이야, 라고 물었다.

"아저씨, 죄송합니다."

"그냥 가져갈래요?"

"네, 죄송해요. 다시 올게요."

하차하시는 분들은 그런 사람 많다는 듯 고개를 끄덕였다.

"공판장마다 가격이 조금씩 달라요. 광주는 크니까 아무래도 좀 더 낫겠지."

차가운 시멘트 바닥 위에는 나 말고도 이미 도착한 생강상자들이 쌓여 있었다. 얼핏 보니 나보다 깨끗하게 손질한 듯 보이는, 상자의 개수를 보니 혼자 혹은 둘이 작업했을 듯한 생강이었다. 이 상자를 여기 놓고 간 농부는 어떤 마음이었을까. 그도 내가 들은 이 말을 들었을 텐데.

신자와 나는 공판장을 빠져나와 근처의 공터 주자창에 일단 차를 세웠다. 눈물이 나오다 못해 꺼이꺼이 울음이 터져 나왔다. 신자는 의외로 이런 일에 덤덤하다.

"왜 울어? 내일 광주에 내면 되지."

"저기 바닥에 있던 생강 봤어? 그 사람은 어떤 마음으로 저 생강을 저기 두고 갔을까?"

"지금 남 걱정 할 때야?"

"차라리 안 캐는 게 낫지. 차라리 여기 안 싣고 오는 게 낫지. 왔다갔다 기름값이라도 나오겠냐고. 저걸 저기 두고 가면서 얼마나 울었을까."

그래, 내가 울고 있다. 차라리 캐지 말고 땅속에서 썩히는 게 나을 지경인 이 상황에 어쩔 줄 몰라 하며 애꿎은 다른 농부 마음을 들먹이며 울고 있었다. 컵라면과 김밥을 사서 돌아오면서 내내 눈물이 멈추지 않았다. 눈물은 나지만 내일 신자가 동계주민자치위원회에서 서울로 팔러 가는 생강을 포장해야 하는 일이 남았다(와중에 고맙게도 동계주민자치위원회의 배려로 생강을 팔 수 있게 되었다. 좋은 등급을 받은 생강 썩히는 것이 아깝다면서. 이 자리를 빌려 고마움을 전한다).

웃다가 울다가를 매일 반복한다.
농사짓는 일은 참으로 감정 소모가 많은 일인 것 같다.

한편, 다음 날 새벽 4시에 서울로 생강을 팔러 간 신자는 8시, 9시, 10시에 연이어 전화가 왔다.
"아무래도 틀린 것 같아."
"뭐가?"
"생강이 안 팔려."
"괜찮아. 남으면 그대로 가져와."
"조금만 더 해보고."
"괜찮으니까 너무 애쓰지 말고 가져와."
"깎아달라는데 그래도 돼?"

"얼마나?"

"반 정도."

"그럴 거면 그냥 공판장에 넘기겠다."

"하아, 알았어. 근데 생강 사는 사람이 없어."

김장철이라 생강이 좀 나갈 줄 알았는데 영 매출이 지지부진한가 보다. 신자의 목소리엔 힘이 없다.

일반 판매를 하는 생강값은 마트에서의 생강 가격을 보고 그보다 좀 낮게 책정했다. 양도 넉넉하게 넣었다. 시장 조사를 하기 위해 마트에 간 신자와 나는 생강 값에 사실 좀 충격을 받았다. 공판장에서 그렇게 헐값에 팔린 생강은 마트에선 그보다 4~5배 정도의 가격으로 팔고 있었다. 작년과 재작년에 생강값이 워낙 좋아서 생강 농가가 많아진 탓에 올해 생강값이 떨어졌다는 것은 이해 가능하다. 그럼 마트에서 파는 가격도 낮아져야 하는 것 아닌가? 내가 갔던 마트에서만 그 가격이었던 것일까. 서울의 마트들은 또 다른가? 아무튼, 그렇게 매긴 생강값 때문에 신자는 적잖이 고생하는 것 같았다. 어떤 할머니는 값을 깎아달라고 하다가 급기야 신자를 끌고 근처 마트에 갔고, 그 마트에서는 생강을 1킬로그램에 3,000원에 팔고 있다고 신자가 떨리는 목소리로 말했다.

"내 눈으로 봤어. 우리 어떡해."

도대체 생강의 가격은 어떻게 책정되는 것인지 알

다가도 모를 일이었다. 올해 농사를 시작할 때만 해도 생강을 파는 일이 이렇게 힘들고 마음을 쓰게 될 일인지 몰랐다. 잘 키우기만 하면 된다고 생각했다. 나의 올해 농사의 끝은 거기까지였다. 파는 일. 그게 끝이다. 팔아서 수익을 남기는 일. 그렇다면 나의 올해 농사는 망한 셈이다.

따 두었던 대봉감이 익어가는 순서대로 하나씩
꺼내 먹습니다.

12월

추운 겨울엔
집에서 요리를 하자

농사야 망하든 어쩌든 팔고 남은 생강으로 생강차를 만들자. 몸이라도 챙겨야지. 레몬과 생강을 바득바득 씻고 닦아 착즙기에 넣고 돌리자 맑은 노란 액들이 쏟아졌다. 생생강을 갈아 차로 마시는 일을 좋아했지만 그건 여간 귀찮은 일이 아니므로 올해는 대량의 생강을 한꺼번에 레몬과 함께 즙을 내어두기로 한다. 그래서 먹을 때마다 꿀을 함께 타서 먹으면 된다. 이건 팔지 말고 나만 먹어야지.

다행인지 불행인지 생강으로 할 수 있는 요리가 별로 없다. 생강은 향신료처럼 음식에 소량으로 들어가기

때문에 생강이 중심이 된 요리는 찾기가 힘들다. 다행인지 불행인지 난 요리를 그닥 즐기지도 잘하지도 못한다. 그래서 생강을 좋아하게 되었는지도 모르겠다. 생강으로 딱히 할 수 있는 요리가 떠오르지 않는 것은 비단 나의 문제는 아닐 것이다.

그럼에도 불구하고 몇 가지 생강 요리(?)를 소개하겠다.

생강된장찌개

나는 요리를 잘하지 못한다. 음식에도 별 관심이 없다. 삼시세끼 먹는 것도 귀찮아서 알약 하나씩만 먹고 살았으면 좋겠다고 생각한 적이 있었다. 커다란 솥으로 미역국이든 뭐든 끓여 일주일 내내 먹는 것을 즐긴다. 특별히 좋아하는 것도, 특별히 싫어하는 것도 없었다. 그렇지만 나도 특별히 싫어하는 것이 있었었다. 생강. 난 생강이 싫었다. 생강이 인식되는 그 순간부터 싫어했다.

어렸을 때 부모님은 두 분 다 장사를 하셔서 엄마가 음식에 신경을 쓸 여유가 없었다. 그렇다고는 해도 새로운 메뉴들을 선보이시며 부족함 없는 밥상을 채워주셨다. 그에 대해서는 아무런 불만도 없고 오히려 울엄마 참

대단했다는 생각이 들 정도이다. 지금 나는 혼자 사는 데도 그렇게 밥상을 신경 써본 적이 없으니 말이다. 나도 편식이나 밥투정을 하지 않는 편이지만 우리 가족 어느 누구도 밥투정을 하지 않았다. 그렇다고는 해도 엄마의 음식 솜씨는 좋은 편이 아니었다. 혼자 살 요량으로 결혼하지 않으려다가 어찌어찌 결혼했던 탓인지 엄마의 음식은 새롭기는 했지만 맛이 있진 않았다. 그래도 얼마만큼 맛이 없는지를 가늠하기 어려웠는데, 어렸을 때는 비교대상군을 찾기가 어려웠던 탓이다. 내겐 엄마 밥이 세상 밥의 전부였던 때. 그러던 어느 날, 밥상에 된장찌개가 올라왔다. 무가 들어간 된장찌개. 얼핏 국처럼 보였지만 엄마는 된장찌개라고 했다. 별 의심 없이 한술 떠서 먹자 온 입안이 화한 매운 기운으로 가득 찼다.

"엄마, 이거 뭐야?"

"왜?"

"맛이 이상해."

"왜 이상해? 된장찌개 맛이 그렇지 뭐."

"아닌데. 여기 뭐 넣었어?"

"무랑 생강이랑"

"생강?"

찌개를 저어보니 바닥에 큼지막한 생강들이 가라앉아 있었다.

"생강을 왜 된장찌개에 넣어?"

"맛있을까 해서 넣어봤어. 왜? 별로야?"

"된장찌개가 맵잖아."

"난 괜찮은데"

엄마는 아무렇지 않은 듯 먹었고, 아빠도 괜찮다며 먹기 시작했다. 나만 이상한 거야? 그 순간의 외로움. 난 이날 이후로 생강을 싫어했다. 그 후로 오랫동안 생강을 먹지 않았다. 사지도 않았다. 그랬던 내가 생강이 좋아진 것은 그로부터 20년도 훌쩍 지나서였다.

생강라임차

배낭 하나를 짊어지고 2년여간 여행을 다녔다. 편도 티켓으로 돈이 되는 대로 돌아다니던 시절이었다. 태국에서 머물 때였는데 날이 더웠음에도 불구하고 감기와 비염으로 고생을 많이 했다. 같은 게스트하우스에 머물

던 오스트리아 친구가 나를 부르더니 자신의 비법이라
면서 생강차를 만들기 시작했다. 그 친구도 감기로 고생
하고 있던 차였다.

〈재료〉
생강, 꿀, 라임, 뜨거운 물, 약간의 시간

〈만드는 방법〉
① 생강의 껍질을 까고 잘라 으깬다. 자르는 것만
으로는 충분치 않다. 생강의 단단한 섬유질 조
직을 다 으깨어 놓아야 한다.
팁〉믹서기가 있다면 믹서기에 간다.
② 간 생강에 뜨거운 물을 붓고 우러날 때까지 기
다린다.
③ 안개 낀 병아리색으로 차 색깔이 변하면 체에
걸러 간 생강들을 걸러낸다.
④ 간 생강을 걸러낸 차에 꿀과 라임즙을 넣는다.
라임즙은 충분히 넣을수록 좋다.
팁〉한국에서 라임을 구하기 쉽지 않다면 레몬
으로 해도 좋다.

맛이 어떠냐고? 생강을 제법 많이 넣었음에도 불구
하고 그 매운맛은 전혀 느낄 수 없고 향긋한 향만 느껴졌

다. 생강의 맛과 향이 충분히 우러날수록 좋다. 생강과 라임과 꿀의 조합은 그야말로 완벽했다. 몸에 좋지 않다 하더라도 먹고 싶은 맛. 단지 생강을 손질하고 우리는 과정이 조금 번거롭다. 생 생강을 쓰는 것이 가장 맛이 좋은데 생 생강은 보관도 쉽지 않았다. 그나마 태국에서 여행자로서 남아도는 것이 시간이었지만 한국에선 이 생강차 한 잔 만드는 것도 꽤 신경이 쓰이는 일이었다. 그래서 레몬청을 담가 그것으로 생강차를 만들어 먹기도 했다. 겨울이면 꼭 생각나서 만들어 먹게 되는 차. 한 잔 마시면 온몸이 따뜻해진다.

이 생강레몬차로 나는 생강을 좋아하게 되었고, 그렇게 생강을 먹다 보니 생강이 내 몸에 잘 맞는다는 사실도 알게 되었다. 난 몸이 차고 혈액순환이 잘 안되는 편이라 겨울이면 별일 없이도 동상에 걸리곤 했다. 온몸이 깡통로봇처럼 뻣뻣하게 굳어가고 있는 느낌이 들 때 생강레몬차를 마시면 어깨의 힘이 풀린다. 내가 겨울에 약처럼 먹는 음식이 있다면 생강레몬차와 부추. 이들을 먹으면 가슴이 알싸하게 뜨거워지는 느낌이 들며 기운이난다. 물론 내 느낌이다. 의학적인 검증은 전혀 된 바 없다. 오해 없길 바란다. 그 가슴께의 뜨거운 느낌으로 생강을 좋아하게 되었다는 것을 말하고 싶을 뿐이다.

추신〉이런저런 방법으로 레몬생강차를 만들어 먹어봤지만 레몬즙은 먹기 직전에 넣어 먹는 것이 가장 맛있었다.

생강닭조림

생강닭조림에 이르기 위해서는 몇 가지 관문을 거쳐야 한다.

12월 31일.

나에게 종각의 기억은 12월 31일에 구름처럼 모여든 인파들 사이로 울려 퍼지는 보신각 종소리이다. 한번 그곳에 있었던 적이 있다. 티비에서만 보던 그날, 그곳에 간 것은 친구에게 만난 지 얼마 안 된 남자친구가 있었기 때문이다. 우리 친구들 몇 명과 그녀의 남자친구와 함께 그해의 마지막 종소리를 듣고 새해를 맞이하기 위해 종각에 갔다. 처음 만난 친구의 남자친구와 우리 친구들은 커피를 마시며 이런저런 이야기를 나누다가 시간에 맞추어 거리로 나섰다. 그야말로 사람들에 밀려 걸을 수 없을 정도였다. 너무 많은 인파에 떠밀려 거의 넘어질 것 같은 순간이 몇 번이나 있었고 그 사이에서 내 친구의 남자친구는 홀로 여자친구와 그녀의 친구들까지 팔을 벌

려 넘어지지 않도록 지켜주느라 안간힘을 쓰고 있었다. 힘들겠다는 생각이 들었다. 연애를 한다는 건 힘든 것이로구나. 차라리 이곳을 빨리 벗어나자고 생각했다. 여기서 넘어지면 큰일 나겠다는 아찔한 순간들을 몇 번 넘기고 우리는 그곳을 벗어났다. 종소리를 들었는지 어쨌는지 기억이 나지 않는다. 그저 넘어질 뻔한 아찔한 순간들, 안간힘을 쓰며 버티고 있던 친구의 남자친구만 기억이 남는다. 우리는 그곳을 벗어나 종로 어딘가에 위치한 파스타집에 들어가 늦은 저녁을 먹었다. 날이 날인지라 그 시각에도 대부분의 음식점이 문을 열고 있었다. 1월 1일의 첫 끼니를 그렇게 먹었다. 그 이후로는 한 번도 그 종소리를 들으려는 시도는 하지 않았다. 티비에서 듣는 것으로 만족했다. 충분히. 점점 나이가 들수록 티비에서조차 그 종소리를 듣지 않았다. 매년 듣는 종소리라 지겹다고 외면하다가 언젠가부터는 그 시각까지 기다리지 못하고 잠이 들곤 했다.

늦은 시각 종로의 파스타집.

배낭을 메고 여행을 오래 다니던 시절, 발리에서 지갑을 도둑맞는 사건이 일어났다. 여권과 돈, 카드, 휴대폰 모든 것을 도둑맞았기에 난 그야말로 국제미아나 다름이 없었다. 가지고 있는 건 옷가지가 전부였다. 한국의 몇몇 친구들에게 연락해 대사관으로 돈을 보내달라고

부탁했다. 이때 반드시 달러로 보내야 한다. 그렇게 보내온 돈을 찾으러 자카르타에 있는 한국대사관으로 가야 하지만 자카르타를 갈 돈이 없다. 여권도 없어서 일단 경찰서에서 임시 신분증을 만들었다. 그것이면 자카르타로 갈 수 있는 비행기표는 살 수 있다. 대사관 쪽에선 발리 쪽에 있는 한국 교민에게 돈을 보내주겠다고 했고 다행히 그 교민을 찾아가 돈을 받을 수 있었다. 그리고 그 돈으로 자카르타행 비행기표를 샀고, 한국대사관으로 가서 임시여권을 발급받았다.

돈을 도둑맞은 날은 오래 머물던 게스트하우스의 한 달 방값을 내는 날이었다. 방값을 내려 돈을 인출하는 것을 도둑들이 보았던 게다. 게스트하우스에는 곧 내겠다고 양해를 구했다. 주인은 지갑을 통째로 도둑맞은 내 사정을 알고 그러마고 고개를 끄덕였지만 내가 돈을 내지 않을까 봐 영 불안해했다. 이틀을 내리 울고만 있는 나를 보면서 뭐라 말은 못 하지만 저 친구를 내보내야 하나 어쩌나 하는 불안감이 나에게도 느껴졌다. 내가 돈을 잃어버렸단 소문은 인근에 소문이 났고 거리를 걸어가면 나를 보며 안쓰러워하는 게스트하우스 주인도 있었다.

한국에는 결코 돌아가고 싶지 않았다. 하지만 신용

카드 문제를 해결할 수가 없었다. 한국으로 돌아가야만 신용카드를 재발급받을 수 있다고 했다. 한국의 친구에게 돈을 더 보내달라고 할 수도 없었다. 대사관에서도 그런 서비스는 긴급할 때 한 번만 쓸 수 있다고 했다. 할 수 없이 나는 한국으로 돌아가기로 했다.

당시 한국에는 집도 모두 정리해버린 후라서 돌아온다고 하더라도 갈 곳도 없었다. 은행 문제만 해결되면 바로 떠나야지. 그런 생각으로 친구의 집에 며칠만 신세를 지기로 했다. 친구는 흔쾌히 와서 지내라고 했다. 1년 여를 돌아다닌 후라 까맣게 타고 깡마른 나는 친구의 집 식탁에 앉았다.

"휴…"

나도 모르게 긴 숨이 내쉬어졌다.

"언니, 배고프지?"

"응."

친구는 자기만의 레시피라면서 닭날개조림을 하고 있다고 한다. 조금만 기다려. 친구는 아들을 낳고 가정을 꾸리며 살고 있긴 했지만, 그녀가 그다지 요리를 잘하진 않는다. 아무렴 우린 친구 아니던가. 다행히 그녀도 나처럼 무던한 입맛을 가진 사람이라 우린 서로의 요리에 늘 감탄하곤 했었다. 가령, 나의 '피자두연근조림' 같은 음식에 그녀는 감탄을 연발했다. 집에 먹다 남은 피자두가

냉장고에 굴러다니기에 연근을 조릴 때 갈아서 함께 조렸더니 검붉은 자줏빛 연근조림이 되었다. 그것을 보며 그녀는 창의적인 음식이라며 좋아했다. 그러니까 우리는 친구인 것이다. 서로의 요리가 얼마나 맛있냐보다는 얼마나 새로운가에 더 방점을 찍는 그런 친구들. 여튼 그렇기에 난 그녀의 닭날개조림에 많은 기대를 하진 않았다. 오랜만에 본 그녀는 뚝딱뚝딱 음식을 만들었고 난 식탁에 앉아 오랜만에 보는 그녀의 뒷모습을 물끄러미 보고 있었다. 오랜만에 만났지만 일상의 이야기를 주고받고, 지인들의 소식을 전해주는 것. 내가 한국을 떠나기 전이나 다름없었다. 그리고 그녀는 갈색으로 조려진 닭날개조림을 내왔다. 생각보다 근사한 모양새.

"닭은 다 익은 거지?"

"그럼. 먹어 봐. 내 특급 레시피라니까."

"흠."

한 입 베어 물자,

"맛있어!"

"그렇지?"

"음 맛있어. 정말 맛있어. 어떻게 한 거야?"

"사실은 내 레시피는 아니야."

"누구한테 배운 거야?"

"나 예전에 종로에 아지오라는 파스타집에서 알바를 한 적이 있거든. 근데 거기 닭요리가 너무 맛있는 거

야. 어떻게 하는지 물어봤어. 그랬더니 닭 요리 마지막에 생강을 좀 넣는대. 그게 비법이었던 거야. 그래서 나도 그렇게 했더니 너무 맛있어.”

"그 파스타집 알아. 나도 간 적이 있어. 어느 해 보신 각 종소리를 듣겠다고 친구의 남자친구와 우리 친구들과 함께 갔었어.”

"언니도 갔었구나. 거기 닭요리 기억 안 나?”

"흠 늦은 밤의 파스타만 기억나. 어색했던 분위기.”

"거기 닭요리가 진짜 맛있었어.”

"그러니까 이 레시피는 그 파스타집의 레시피란 말이지?”

"응. 닭날개를 기름에 좀 볶다가 간장이랑 설탕이랑 굴소스 뭐 이런 거 넣고 마지막에 생강을 넣어서 향을 내주는 거야. 양념은 정확히 모르겠어. 생강은 분명해. 마지막에 생강이 포인트야.”

"우린 언젠가 같은 곳에 갔었구나.”

내게 ‘생강닭조림’은 친구와 같은 기억을 공유했던 그 순간의 맛이다. 험한 세상에서 온갖 일을 겪고 마침내 집으로 돌아와 엄마…는 아니지만 이제 한 소년의 엄마가 된 친구가 해주는 고향의 맛…이라고 하긴 뭐하지만 뭐 그런 맛.

편의점 앞에서
콜라 한 잔 마시고 싶어

시골집은 몹시 춥다. 얇은 지붕, 얇은 벽, 이웃의 온기 없이 홀로 눈바람을 견뎌야 하는 외로운 시골집. 그나마 내가 이사 온 집은 이 전에 살던 사람들이 건축을 하는 사람들이라 단열 공사를 한 상태였지만 단열 공사가 미처 되지 않은 화장실과 거실은 무척이나 춥다. 겨울이면 씻기 위해 몇 번의 심호흡과 마음의 준비를 후후후후 해야 한다. 서울에서 살 때도 그렇게 따뜻하게 해놓고 살진 않았다. 하지만 이곳 동계에선 날마다 오르는 기름값 때문에라도 추위와 거칠게 싸워야 한다. 이럴 줄 알았다면 서울에서 살 때 조금 더 따뜻하게 살 걸 하는 생각도 한다. 이곳에 온 뒤로 겨울에 실내에서 입는 옷들이

많이 늘었고, 조끼의 유용성에 대해서도 깊이 절감하고 있다.

이 집으로 이사 오기 전에는 쉐어하우스에서 살았었다. 그곳은 새로 지은 건물이었고 창도 이중창이라 이 집보다 훨씬 따뜻했다. 하지만 '쉐어' 대신 나만의 독립된 공간을 운영하고 싶었던 나는 이사를 결정했고, 겨울이 혹독하긴 하지만 그럭저럭 버틸만하다. 재작년엔 눈이 많이 와서 며칠간 나가지 못했던 적도 있다. 도로로 나가는 길은 짧았지만, 눈으로 얼어붙어 엄두가 나지 않았다. 이웃 마을에 사는 친구와 눈썰매를 타기 위해 한 시간을 걸어서 그 마을까지 가곤 했다. 온 세상은 하얗고 하늘은 시퍼렜다. 정말 하늘이 잡아먹을 듯이 시퍼렜다. 그 위로 앙상하고 허연 나뭇가지가 너한테 질쏘냐 하듯 서 있었다. 도시의 눈은 지저분했는데 시골의 눈은 며칠이 지나도 밟아주는 이 없이 뽀얗다.

처음 쉐어하우스에서 살 때는 도시의 것들이 무척이나 그리웠다. 집 앞에 있던 편의점, 길마다 새로 생기던 올리브영, 빕스, 산책로 그 모든 것이 그리웠다. 쉐어하우스에서 함께 살던 친구들도 나처럼 서울에서 내려온 친구들이었다. 시간이 지나자 그들 중 대부분은 서울로 돌아갔고 한두 명만 남았다. 차가 없이는 갈 수 있는

곳이 없는 곳. 쉐어하우스를 지나는 버스는 하루 4대뿐이었고 그나마 막차는 오후 4시 30분이었다. 운전면허도 없었던 나는 콜라를 마시기 위해 자전거로 40여 분을 달리거나 누군가 나간다는 공표를 하기 전까지 기다릴 수밖에 없었다. 처음 동계에 왔을 때는 무슨 이유에서인지 모르나 콜라가 참 먹고 싶었다. 평소에 콜라를 좋아하지 않았음에도 불구하고.

어느 무더운 여름밤, 그날따라 잠이 오지 않았다. 동계에 내려오면서 가장 좋았던 점은 일찍 잠이 든다는 것이었으나 그날따라 이상하게도 뒤척거렸다. 취침 시간인 9시를 훌쩍 넘긴 11시. 난 쉐어하우스 건너편에 사는 친구에게 문자메시지를 넣었다.

'자요?'

잠시 뒤에 답장이 왔다.

'왜 그러세요?'

글자에서 긴장이 느껴진다. 그는 나와 성별이 다른 남자였다. 1년여 넘게 쉐어하우스에서 함께 지내고 있지만 늦은 시각에 연락한 적은 한 번도 없었다. 그는 차가 있는 사람이었다. 하필이면 남자였고.

'우리 오수 가지 않을래요?'

'지금이요?'

'편의점 앞에서 시원한 콜라 한 캔 마시고 싶어요.'

그는 흔쾌히 가자고 했고, 우린 20여 분 달려 오수의 편의점으로 갔다. 텅 빈 거리에 홀로 켜진 편의점 불빛, 플라스틱 의자에 앉아 탄산의 따끔따끔한 목넘김을 느끼고 있자니 쓸쓸함이 조금 가셨다. 낯선 곳에 가서 콜라를 마시는 습관이 있다. 여행을 다니면서 생긴 습관인데, 어느 곳에 가든 콜라는 항상 있었다. 낯선 것들을 즐기긴 하지만 그 낯선 것들이 지나쳐 나를 공격해올 때는 항상 콜라를 마셨다. 익숙한 대기업의 맛. 콜라를 마시면 익숙했던 풍경들과 기억들이 떠오르며 낯선 곳에 홀로 던져진 불안감을 조금 상쇄시켜주었다. 이곳에서도 콜라를 마시고 싶었던 것은 아마도 그런 이유일까. 나는 엄마의 맛, 고향의 맛이란 것에 대한 향수는 거의 없는 편이다. 엄마의 음식이란 것도 내겐 특별한 기억이 아니다. 왜인지는 알 수 없다. 엄마의 음식에 불평을 가졌던 것은 아니다. 하지만 엄마의 음식이 먹고 싶다고 생각했던 적은 거의 없던 것 같다. 몇 년씩 배낭을 메고 여행을 다닐 때에도 엄마의 음식이 그리웠던 적은 없었다. 하지만 콜라는 먹고 싶다고 생각했다. 이국적인 멕시코의 너른 광장에 홀로 서 있을 때도 콜라가 먹고 싶다고 생각했다. 몸도 마음도 지쳐 어디로 가야 할지 모른 채로 스프링이 푹 꺼진 게스트하우스 침대에 몸을 처박고 있을 때도 콜라가 먹고 싶다고 생각했다. 더위에 지쳐 아무것도 목으로 넘어가지 않을 때도 콜라만 있으면 버석버석한 빵쪼가

리도 먹을 수 있다고 생각했다. 나는 지금 이곳에서 어떤 때를 보내고 있는 것일까. 나는 또 어떤 순간에 콜라가 먹고 싶었던 것일까.

농촌의 겨울은 한가하다. 농부의 겨울은 어떠니? 누군가 내게 물었다. 글쎄요. 저도 그 계절은 어떤 것일까 둘러보는 중이에요. 하루종일 웅크리고 앉아 창밖을 내다본다. 갈 곳도 가야 할 곳도 없는 계절. 동계에서 보내는 네 번째 겨울. 뜨거웠던 여름과 눈물 많은 가을을 보내고 맞는 이 겨울을 어떻게 보내줘야 할지 아직 감이 서지 않는다. 새봄을 맞이할 준비가 되었나? 아니, 난 자신이 없다.

미뤄두었던 잠을 자기라도 하는 것처럼 종일 잠을 잔다. 자고 일어나선 밥을 먹고 아이스크림을 한 통 퍼먹고선 다시 잠이 든다. 자다가 눈을 뜨면 창밖이 허옇다. 내다보면 눈이 소복이 쌓여 있다. 첫눈은 지나간 지 오래. 몇 번째 눈일지도 모를 눈이 쌓이고 녹는 모습을 보면서 나의 1년 치 노곤함도 녹아내리고 있다. 생각도 멈추고 시간도 멈추는 기분이 들지만 얼어붙은 내 몸 안에서도 무언가 꿈지럭거리고 있다는 것을 알고 있다. 겨우내 모든 게 죽은 것만 같던 땅도 봄이 오면 언제 그랬냐는 듯 이름 모를 싹을 틔운다. 추울수록 봄은 더 푸릇해진다. 문득 레이디 가가의 노래를 흥얼거려본다. 괜찮아 바닥에 닿진 않을 거야('shallow' 중).

신자와 산책을 한다. 동계에 좋아하는 길이 몇 곳 있는데 겨울이면 뱀 걱정 하지 않고 걸을 수 있어서 좋다. 달빛이 앙상한 은행나무와 매실나무들을 드러내는 그 길을 신자와 가끔 걷는다. 신자의 절친인 절구(키우는 개)와 함께 걸을 때도 있지만 달만 길을 밝히는 밤에 인적 없는 그 길을 신자와 단둘이 걸을 때도 있다. 신자의 손을 잡는다.

"네 손은 왜 따뜻해?"

신자의 손은 한겨울에도 핫팩처럼 뜨끈뜨끈하다. 신기하다. 신자는 걸어다니는 커다란 핫팩 같다. 내 손은

언제나 차갑고 시리다. 신자의 뜨끈한 손을 잡고 걸으니 두려울 것이 없다. 칼바람을 맞아도 체온을 유지하는 비법 같은 것이 있는 것일까. 나는 한여름에도 손발이 차고 자칫 차가운 음료를 잘못 마시면 배탈이 나기 일쑤였는데 신자는 사시사철 몸이 뜨겁고 좀처럼 체하는 법도 없다. 실없는 농담으로 어둠을 헤집고 걷다 문득 그런 생각이 들었다. 신자가 생강이구나. 따뜻하고 열이 나는, 나에게 꼭 필요했던, 내가 1년간 공들여 키웠던 그 생강이 신자였구나. 신자는 걸어 다니는 생강이었어. 내년에도 서로를 잘 키워보자.

1월의 요리

12월에 품앗이를 하고 얻어온 김장김치를 야곰야곰 꺼내 먹습니다.
10월에 주워서 저장해 둔 밤도 꺼내 삶아 먹습니다.
5월에 냉동해 둔 죽순도 꺼내 먹습니다.
6월에 얻은 고추로 만든 장아찌도 꺼내 먹습니다.
이웃이 저장해 둔 무도 얻어먹습니다.
눈이 많이 오면 팥을 푹 삶아 전분물을 풀고 설탕을 넣어 단팥죽을 끓여 먹습니다.
12월에 만들어 둔 생강레몬차를 마십니다.

2월

쉬어갑니다

다시 3월

도시에 있을 때는 신경도 쓰지 않았던 절기들이 이곳에서는 하루의 일과와 연결되어 있다는 것은 몹시 신기한 일이다. 하지가 지나면 기가 막히게 해가 짧아진다. 해가 짧아진다는 것은 일할 시간이 줄었다는 뜻이다. 상강이 지나면 첫서리가 내린다. 서리가 내리기 전에 씨로 할 생강은 캐 두어야 한다. 동지가 지나면 해가 길어진다. 마음은 아직 겨울로 가는 중인데 해는 하루하루 길어진다. 나는 잠을 자고 있을지 모르겠지만 해는 점점 깨어나는 중이다. 아직 난 준비가 안 됐다며 이불 속에서 미적거리다 보면 다시 3월이다. 더 미적거릴 수 없다. 밭에 나가볼까. 지난겨울에 거름으로 뿌려두었던 소똥들

이 잘 썩었나 궁금하다. 이 밭이 올해는 또 어떤 이야기
들을 들려줄지 70퍼센트의 두려움과 30퍼센트의 기대
를 안고 딱딱해진 장화에 발을 욱여넣는다.

생각만큼 되지 않았던 모든 것들, 생각만으로는 되
지 않던 많은 것들을 껴안고 올해는 어떻게 살아내야 할
지 발걸음이 조금 무거워진다.
'그것들은 잘 썩었어.'
누군가 말한다.
'정말?'
'작년에 뿌려 둔 소똥처럼 네 마음속에서 잘 썩었어.'
'그럼 나도 뭔가를 키울 수 있는 건가?'
'다시 심어 봐.'

그러게… 밭엔 어느새 별꽃나물, 광대나물이 자라
고 있다.

생강밭

농사무지랭이의 록키호러밭일쇼

초판 1쇄   2025년 3월 28일

글   박윤
그림   최로셔니

펴낸이   윤문득, 작은미미
펴낸곳   재채기

편집   선우미정, 작은미미
본문디자인   유예지
출판등록   2024년 9월 20일 제477-2024-000004호
이메일   girlfromipansapan@gmail.com
인스타그램   @girlfromipansapan

ISBN   979-11-991057-0-6 (03810)